U0942629

Yilin Classics

ANTOINE DE SAINT-EXUPERY

经/典/译/林

Le Petit Prince

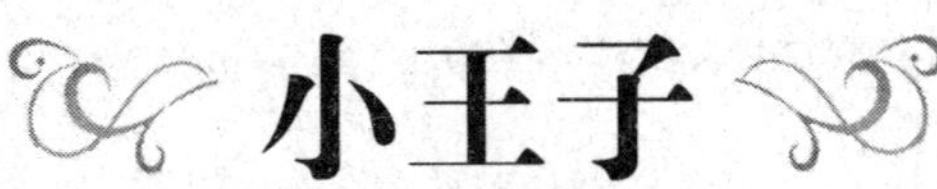

小王子

[法国] 圣埃克苏佩里 著
林珍妮 陆洵 译

译林出版社

图书在版编目(CIP)数据

小王子 / (法) 圣埃克苏佩里著; 林珍妮, 陆洵译. —南京: 译林出版社, 2018.10(2024.12 重印)
(经典译林)
ISBN 978-7-5447-7462-8

Ⅰ.①小… Ⅱ.①圣… ②林… ③陆… Ⅲ.①童话-法国-现代 ②中篇小说-法国-现代 Ⅳ.①I565.15

中国版本图书馆 CIP 数据核字 (2018) 第 171484 号

书　　名 小王子
作　　者 [法国]圣埃克苏佩里
译　　者 林珍妮　陆　洵
责任编辑 张紫毫　冯一兵
特约编辑 王延庆
校　　对 戴小娥
责任印制 颜　亮
原文出版 Editions Gallimard, Paris, 1997
出版发行 译林出版社
地　　址 南京市湖南路 1 号 A 楼
邮　　箱 yilin@ yilin. com
网　　址 www. yilin. com
印　　刷 南京爱德印刷有限公司
开　　本 880 毫米×1230 毫米　1/32
印　　张 6.375
插　　页 4
字　　数 127 千
版　　次 2018 年 10 月第 1 版
印　　次 2024 年 12 月第 21 次印刷
书　　号 ISBN　978-7-5447-7462-8
定　　价 29.00 元

译林版图书若有印装错误可向出版社调换
市场热线: 025-86633278　　质量热线: 025-83658316

导　读

圣埃克苏佩里(1900—1944),法国里昂人,作家。他首先是一个出色的飞行员,其次才是一个作家。1921年到1923年,他在法国空军中服役,先是后备飞行员,后成为民航驾驶员,参加了开辟法国——非洲——南美洲国际航线的工作。他在各种艰苦条件下都飞过,还曾经因为飞机失事被困雪山七天。平常他抓紧时间在各种艰苦的条件下写作,成就斐然。

1939年,德国法西斯入侵法国。尽管圣埃克苏佩里曾多次负伤,被医生认为不能再入伍,但他坚决要求,终于被获准编入2/33空军侦察大队。1940年法国溃败,他所在的部队损失惨重,被调往阿尔及尔。他复员后流亡美国,在美国期间,他继续写作,发表了《战机飞行员》、《给一个人质的信》以及童话《小王子》。尽管身体状况不太理想,年龄也偏大,但他还是继续请缨为受法西斯蹂躏的法国作战。1943年,他来到了法国在北非阿尔及尔的抗战基地。上级只让他执行五次飞行任务,他却主动要求增加到八次。1944年7月31日上午,他出航执行第八次任务,从此再也没有回来。牺牲时,年仅四十四岁。

2000年,一个渔夫打捞到一条手链,上面有圣埃克苏佩里的名字和送他手链的出版商的名字。在法国一处海岸,人们又找到了他所驾驶的飞机的残片。多年来人们一直传说,圣埃克苏佩里像小王子一样回到了B612星球,这当然只是出自人们的美好想象,现实是,他确实是像一个英雄一样为国捐躯了。

法国人一直把圣埃克苏佩里当作民族英雄,在他逝世五十周年之际把他的肖像印在五十法郎的票面上。而对世界各地的小读者来说,他的盛名来自《小王子》。这篇20世纪流传最广的童话，从1943年发表以来，已被译成一百多种文字，还被拍成电影、搬上舞台、灌成唱片。据说《小王子》在全世界的销量仅次于《圣经》，当然，这个说法未必准确，但读者多年来的热爱和追捧却是确凿无疑的。

那么，《小王子》究竟是一本怎样的书呢？

首先，《小王子》是一个童话，但不是一个普通意义上的童话。它充满了对人类生活状态的思考，是一个所谓“哲理童话”。但它没有讲任何大道理。它甚至没有“娓娓道来”地讲任何道理。它与说教无关。一切都蕴藏在这个如诗如画的故事里，蕴藏在星星、沙漠和清泉里，蕴藏在小王子银铃般的笑声里。它就像真理本身那么朴素动人。合上书，你会觉得甜美而忧伤，也许还会有点想哭呢。有人说这是一个沉重的童话。也许是吧。深者见其深，浅者见其浅，这正是一切好故事的品质。

其次，《小王子》语言非常简单优美，不仅能让小孩子听懂，读懂，也很适合大人阅读，帮助大人重拾好的语言习惯——大人的语言世界常常是混乱和不洁净的。

说到《小王子》的成书背景，我们可以从三个方面来理解：

一是圣埃克苏佩里的飞行员生活。

他曾经因飞机故障降落在撒哈拉沙漠，书中提到的茫茫沙漠、恐慌、口渴，都是他亲身体验过的，所以才会写得这么真实。

当一个人总是从三万英尺的高空俯瞰芸芸众生，他对这个世界自然有独特的思考。他的视野是如此广阔，相比之下人的狗苟蝇营却显得那样渺小。头上是浩瀚的星空，心中是澎湃的感情。

二是当时的时代背景。

二战进行到最激烈的时候，作者被迫流亡美国。这场不仅破坏人们生活，也摧毁人们很多美好信念的战争，对他的震撼是可想而知的。他重新思考人存在的价值，思考人对物质的追求和被蒙蔽的心灵。

三是他自己的生活。

那朵惹人喜爱却令人心碎的玫瑰，其实是作家深爱的妻子的一个投影。当然，蕴含了这么深的哲理，这朵花就不能被单纯看作作家的妻子了。但他告诫我们：爱的执着，是来自一次次的浇水、呵护和倾听。“正因为你为你的玫瑰花费了时间，才使她变得这么重要。”

在行动上，在思想上，在语言上，圣埃克苏佩里都是一个巨人。正因为如此，他才能写出这么质朴又意味深长的作品。

通过这个童话，圣埃克苏佩里带着我们感受生活的美好，接触生活的本质，而不是像小王子看到的那些“大人”，为权势、虚荣、职务、学问之类表面的东西忙忙碌碌。那个自以为很有权威，其实却成了对权威的追求的牺牲品的国王；那个要求别人向他不断脱帽和鼓掌的自负的人；那个为喝酒感到惭愧，为忘记惭愧而拼命喝酒的家伙；热衷于统计星星数目的商人；自己从不出门的地理学家；拘泥于职责的劳累的点灯人……他们都有个共同的特点，就是把真正美好的东西忽略掉了。

小王子说：“沙漠美丽，因为沙漠的某处隐藏着一口井。”

也许我们可以把这句话简单理解为：使生活如此美丽的，是我们藏起来的真诚和童心。

《小王子》陪伴很多孩子成长，成为他们人生中一个美好的印记；也影响了许多成年人，触动他们深藏的童心。

狐狸说：“这就是我的秘密，它很简单：用心去看才能看清楚，用眼睛是看不见本质的东西的。”

对于广大读者来说，这也是指出了读这本书的一个秘密。用眼睛，也要用心去看。

还有，我们都愿意相信，小王子还活着，和他的玫瑰、他的小羊幸福地生活在一起，笑起来声音像银铃一样。

CONTENTS · 目录

小王子

林珍妮　译

献给列翁·维尔特

请孩子们原谅我把这本书献给一位大人。我有这样做的充分理由：这位大人是我最要好的朋友。我还有另一个理由：这位大人什么都懂，他完全能理解写给孩子们阅读的书籍。我还有第三个理由：这位大人住在法国，正在忍饥挨饿，他需要别人的安慰。要是你们认为这些理由还不充分，那我就把这本书献给小时候的他吧——所有的大人都经历过童年。(但很少有大人记得自己曾是孩子。)因此，我把我的献词改为：

献给从前那个小男孩**列翁·维尔特**。

1

六岁那一年,我在一本描写原始森林的书里看见一幅扣人心弦的图画。那本书的书名叫作“丛林奇遇记”。图中画的是正在吞吃野兽的蟒蛇。下面是这幅画的复印件。

书中说:“蟒蛇囫囵吞下猎物,肚子撑得它不能动弹,要躺六个月才能把猎物消化掉。”

从此,我对丛林的种种奇事产生了无穷尽的遐想。我也用彩色铅笔绘下我的第一幅画。我称它为一号画。一号画如下：

我把我的杰作拿给大人看，还问他们，我的画是否吓坏了他们。

他们回答我说："一顶帽子有什么可怕的？"

我画的不是一顶帽子，而是一条正在消化大象的蟒蛇啊。我又画了一张画，画的是蟒蛇和它肚子里的大象，好让大人看懂我的画。他们总是需要我们给他们解释的。我的二号画如下：

大人们劝我，别画这些肚子没打开或打开了的蟒蛇了，把心思放到地理、历史、算术、语法上去吧。就这样，我在六岁这一年放弃了画家的光辉生涯。一号画、二号画的失败令我垂头丧气。大人们老是需要孩子们费尽唇舌，给他们再三解释，不然就一窍不通，真把我们累得够呛。

我只好选择另一门职业。我学会了驾驶飞机，几乎跑遍了世界各地。地理确实帮了我的大忙。在空中，我一眼就能认出中国和亚利桑那[1]，这样的本领很管用——如果夜航时迷了路。

---

① 美国的一个州。

我一生与许多重要人物打过交道，我在大人当中生活了很长时间，我仔细地观察过他们，然而我对他们的看法没有多大的改善。

我始终保留着我的一号画。遇到一个我认为略为懂事的大人，我就用这幅画做试验，看他是否真的懂事，但他们总是这样回答我："这是一顶帽子。"听了这样的话，我就不再与他们谈蟒蛇、原始森林、星星了。我谈他们能理解的事情，例如桥牌啦，高尔夫球啦，政治啦，领带啦。大人们便很满意，以为他们认识了一个通情达理、善解人意的人。

2

从此我孤独地生活着，没有一个可以推心置腹的朋友。这种状况一直延续至六年前。六年前，我的飞机出了故障，发动机里的某个部件被撞坏了，我被迫在撒哈拉沙漠降落。身边没有机械师，没有一个乘客，我只好勉为其难，自己动手，试着修理部件。我带的水仅够喝一个星期，能否修好飞机，关系到我的生死存亡了。

第一夜，我在远离人烟、千里之遥的沙漠上睡觉。比起那些乘着木排，在茫茫大洋中挣扎漂浮的遇险者，我更显得孤独无助。

朝霞初露的时候，一个细细的奇妙的声音把我唤醒。你不难想象我当时有多惊讶了。这细细的奇妙的声音说：

“劳驾……请你给我画一只绵羊吧！”

“你说什么？”

“给我画一只绵羊……”

我像遭了雷击，一跃而起。我使劲揉我的眼睛，仔细地看了看，只见一个很奇特的小小的人儿，他正在那儿注视我呢。下面就是以后我给他画的最为成功的一幅肖像画。

当然，它没有他本人可爱俊美，这可不能怪我，该怪大人，是他们在我六岁那年葬送了我的画家生涯。除了画打开肚子和没打开肚子的蟒蛇之外，我没有画过一张画。

我大吃一惊，眼睛瞪得溜圆，看着这位突然出现的人儿。你们可别忘了，这儿是远离人烟、千里之遥的地方啊。我的这个小人儿一点不像迷了路，也不像是累死、饿死、渴死、吓死的鬼魂。他一点不像迷失于沙漠中的孩子，不像远离人烟、千里之遥的孩子。

我终于能够张口说话了，我问他：

"……你在这儿干什么？"

他不慌不忙地重述他的要求，像说一件很严肃的事情：

“请你给我画一只绵羊……”

当神秘的东西使得你心惊肉跳的时候，你不敢不听他的命令。虽然，身处远离人烟的荒漠，面临死亡的威胁，叫人画画的要求又未免荒唐，我还是从口袋里掏出一张纸和一支钢笔。我忽然记起，除了钻研地理、历史、算术、语法，我没有画过画，便没好气地冲小人儿说，我不会画画。

他说：“不要紧，给我画一只绵羊吧。”

我从没画过绵羊，只画过那两张画。我就给他画了其中的一张，就是没有打开肚子的蟒蛇。我吓了一跳，我听见小人儿说：

“不!不!我不要象在蟒蛇的肚子里。蟒蛇太可怕，象太占地方。我的家地方不大。我要绵羊，给我画一只绵羊吧。”

我便画了一头羊。

他仔细看看，然后说：

“不好!这是一头患了重病的羊。给我画另一头吧。”

我又画了一只羊。

我的朋友露出亲切可爱的微笑，并没有责怪我的意思，他说：

“你瞧瞧，这不是小羊，是公羊，它长着角哩。”

我又画了一张。

这一张画和前面两张一样，遭到了他的拒绝：

“这只太老了，我要一只能活很久的绵羊。”

我急于着手拆卸我的发动机，失去了耐性。我胡乱涂了下面这幅画。

而且我冲他说：

“这是一只箱子，你要的绵羊在里面。”

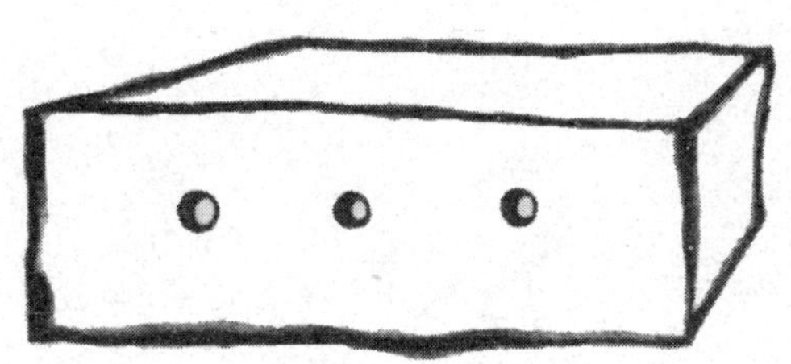

然而我惊讶地看到,我的这位小法官竟眉开眼笑:

“我要的正是这样的箱子!这只绵羊要很多草吗?”

“为什么你提这个问题?”

“因为我的家太小啦……”

“肯定够了。我给你的是一只很小很小的绵羊。”

他低头看画。

“没有这个这么小吧……咦!它睡熟了……”

我就这样认识了小王子。

3

过了好久好久，我才弄明白他是打哪儿来的。

小王子向我提了许多问题，却从不理会我对他提的问题。我从他无意中吐出的片言只语里，逐渐知道了他的来历。

例如，当他第一次看见我的飞机的时候(我不愿画飞机，太复杂了)，就问我：

“这是什么玩意儿呀?”

“它不是玩意儿，它会飞。这是飞机，是我的飞机。”

我挺自豪地告诉他我会飞。他嚷起来：

“怎么?你是从天上掉下来的吗?”

“是的。”我并没有吹嘘的意思。

“啊!这就奇了……”

小王子发出清脆悦耳的笑声，他这一笑可惹恼了我。我不喜欢别人对我的不幸打哈哈。然后他又说：

“这么说，你也是从天上下来的!你住在哪一个星球上?”

这句话犹如一道亮光，让我马上瞥见了他突然出现的秘密。我以突袭的方式问他：

“你是从另一个星球来的?”

他不答。他看着我的飞机，轻轻地点头：

“从你乘的这玩意儿来看，你确实不可能来自很远的地方……”

他陷入沉思。过了很久，他从口袋里掏出我画的绵羊，低头凝视他的宝贝。

你们不难想象，听了他那句无意透露的“其他星球”的话后，我会怎样惊讶吧。我竭力从中探听他的来历：

“我的小人儿,你从哪儿来?你的家在哪儿?你要把你的绵羊牵到哪儿去?”

他默默不答。然后才说:

“你给了我一个箱子,太好了。夜里可以给绵羊做屋子了。”

“是呀,如果你乖,我还要给你一根绳子,白天给你拴羊用。我还要给你一根拴羊的桩。”

我的建议显然惹恼了小王子:

“拴住它?亏你想得出这样的主意!”

“你不拴住它,它会乱跑的呀,会走失的呀。”

我的朋友发出清脆的笑声:

“你以为它会跑到哪儿去呢?”

“到处乱跑呗,朝前跑呗……”

小王子告诉我:

“这倒不成问题,我的家小得很呢!”

他的神色略带忧伤,说:

“朝前跑,也跑不了多远……”

4

就这样,我知道了第二件很重要的事情:他打那儿来的星球比一幢房子大不了多少!

我并不因此大惊小怪。

我知道,除了起了名字的大星球,如地球、木星、火星、金星,还有成千上万的星球。有些星球小到连望远镜都难以观测。天文学家发现一颗星,就用

号码给它命名，例如叫它“小行星 3251 号”。

我有充分的证据认为小王子打那儿来的星球就是 B612 号小行星。这颗小行星仅仅在一九〇九年被一位土耳其天文学家用望远镜看见过一回。

在国际天文会议上，他为他的发现做了雄辩的论证，但没有人相信他的报告。因为他穿的是土耳其人的服装。大人们就这个德行：以衣冠取人。

幸好，为了维护 B612 号小行星的声誉，土耳其独裁者颁布了一条法令，命令百姓改穿欧式服装，否则处以死刑。一九二〇年，这位土耳其天文学家身穿一套极考究的西服，再一次在国际会议上做了论证。这一回，他得到了大家的认可。

我对你们详细报告发现小行星 B612 的这些细节，把它的号码告诉你们，都是由于那些大人的缘故。因为大人们对数字情有独钟。如果你对他们介绍一个新朋友，他们从不打听他的基本情况，他们从不会问你：“他的嗓子怎么样？他喜欢玩什么游戏？他是否采集蝴蝶标本？”而是问：“他几岁了？有

多少个兄弟?体重多少?他的父亲挣多少钱?"他们认为了解了这些情况,就了解了一个人。

如果你告诉大人:"我看见一幢漂亮的红砖房子,窗前摆着天竺葵,鸽子在屋顶栖息……"他们便无法想象这是一幢怎样的房子。你必须对他们说:"我看见一幢值十万法郎的房子!"他们就会惊叹:"多漂亮的房子啊!"

所以,如果你对他们说:"这世上确实存在一位王子,证据就是他可爱俊美,脸带笑容,他要一只绵羊。一个人要一只绵羊,就是他存在的证明。"他们会不以为然,耸耸肩,以为你是不懂事的孩子!但如果你对他们说:"他打那儿来的星球是小行星 B612。"他们就深信不疑了,就不会用没完没了的问题烦你了。他们就这副德行。我们不要责怪埋怨他们,孩子对大人应当尽量地宽容。

当然,我们是理解生活的人,我们才不会把数字放在眼里呢!我喜欢以讲童话的方式讲这个故事。我喜欢这样讲:

"从前有个小王子,他住在小行星里。这颗行星比他自己大不了多少。他需要一个朋友。”对于理解生活的人，这样讲似乎要真实得多。

我不喜欢别人漫不经心地读我的书。提起这些往事，我还挺伤心的。我的朋友牵着他的羊走了六年了。我在这儿讲述他的故事，是为了不忘记他。忘了朋友是可悲的。并不是每个人都有朋友的。也许有一天我也像大人那样，除了数字，对别的东西都失去兴趣。为了这个缘故，我买了一盒颜料和几支铅笔。到了我这个年龄才重拾画笔是困难的。而且，除了在六岁那年画过一条打开肚子的蟒蛇和一条没打开肚子的蟒蛇之外，我没画过别的画。当然，我可以画最逼真的人像画。但能否成功，我把握不大。这一幅画得可以，另一幅却画得不像。对他的个儿高矮，我也记得不太真切。这幅把他画得太高，另一幅把他画得太矮。该给他的衣服抹什么颜色，我也犹豫不决。我在画纸上抹来抹去，画了张约莫相似的肖像，但某些重要部位也许弄错了。对这一点，你们一定要谅解。我的朋友从不向我解释，大概他以为我和他一样；可是我呢，很遗憾，我不能透过箱子看到里面的绵羊。也许我有点像大人了。我大概老了。

5

每一天，我都从他那儿获得一些有关星球、启程、旅行的知识。这些知识是逐渐得到的，只要想到什么问题就提什么问题。第三天，我就是这样了解到有关猴面包树的事情的。

这一回还真亏了绵羊。因为小王子突然对一件事产生了极大的怀疑，突然问我：

"羊吃灌木，这是真的吗？"

"是呀，是真的呀。"

"啊，那我很高兴。"

我不明白，羊吃灌木为什么这么重要。小王子又问：

"这么说，它们也吃猴面包树啦？"

我提醒小王子，猴面包树不是灌木丛，而是像教堂一样巍峨高大的树。即使他弄一群大象来，它们也啃不完一棵猴面包树。

想到一群象啃猴面包树的情景，小王子忍不住笑了：

"那它们非得叠罗汉了……"

他很机灵，指出：

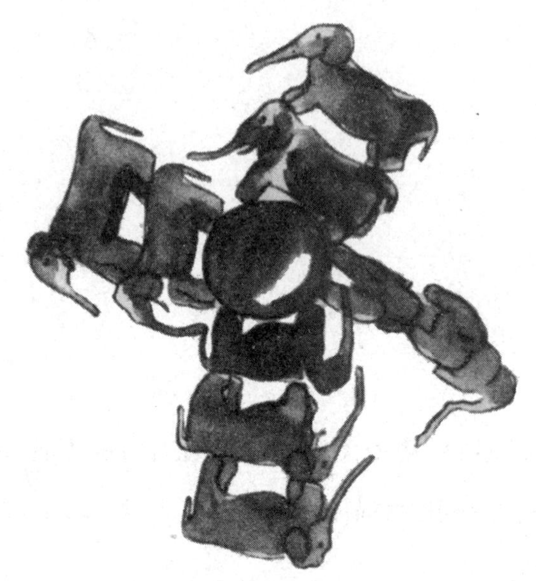

“猴面包树的树苗挺小的呢!”

“你说得对!可是你为什么希望你的绵羊吃猴面包树苗呢?”

他说:“嘿!那还用说吗!”似乎这是再明白不过的事情。而要我自己想明白这个问题,我确实要绞尽脑汁了。

是的,小王子的星球和其他星球一样,长着益草,也长着毒草,因此也就有了益草的种子和毒草的种子。但种子是看不见的,它们沉埋在土地深处,直至其中一颗突然苏醒……它伸伸懒腰,羞羞答答,向着太阳伸出一株青嫩可爱、娇小玲珑、不伤人的幼苗来。倘若它是萝卜或玫瑰的幼苗,我们可以任由它茁壮成长;倘若它是有毒的植物,一经认出,我们就必须马上拔除。小王子的星球上埋着可怕的种子……这就是猴面包树的种子,星球的土壤饱受其害,不及时动手除掉它们,你就永远别想摆脱它们的侵害。它的树身枝叶占据整个星球,如果星球小,而猴面包树过多,就会撑破星球。

后来小王子对我说："人早上梳洗之后，一定要小心清理地球，要经常督促自己，要养成良好的习惯。猴面包树的苗儿与玫瑰花的苗儿长得极相似，把它们区别开来之后，就要经常督促自己拔除猴面包树苗。这活儿单调乏味，但也挺容易干。"

有一天，他建议我用心画一幅猴面包树的画，要让我们那儿的孩子牢牢记住它。他对我说："有朝一日他们外出旅行，这幅画就派上用场了。有些时候，耽搁了的工夫造不成多大的恶果，然而对猴面包树的危害却不能轻视。我知道，有一颗星球上住着一个懒人，他忽略了剔除三棵猴面包树苗的事儿……"

在小王子的指点下，我画了这个星球。我素来不喜欢装腔作势，摆出一副道学家的面孔训人，但许多人对猴面包树的危害认识不足，在小行星上迷路的人遇到的风险又那么大，我不能不一反平日矜持的常态，大声疾呼："孩子们，当心猴面包树啊!”为了向朋友们发出警告，让他们提防早已威胁我们的危险——而他们和我一样，对这样的危险一无所知——我对这幅画下足了功夫。提醒大家警惕危险，是我义不容辞的责任。也许你们看了这幅画后会纳闷：“为什么他在这本书里画的其他画没有这张猴面包树的画雄壮，有气势?”我的回答很简单：我尽了力去画其他的画，但心有余而力不足。而画猴面包树的时候，为急迫的需要所激励，我的画便超出了原有的水平。

6

啊!小王子!我就是这样逐渐了解到,你过着并不顺心愉快的生活。长期以来,你唯一的消遣就是观赏夕阳西下的美景。第四天早晨,我又知道了这一件事。你对我说:

“我喜欢夕阳。我们去看日落的壮观吧……”

“可是要等啊……”

“等什么?”

“等太阳下山的时刻呀。”

你露出惊讶的神气,然后又自觉可笑,说道:

“我老以为我是在自己家里呢!”

这话说得不错。大家都知道,在美国,太阳正在天空的当中,而这时在法国,太阳已经西下。若能在一分钟之内赶到法国,就可以观看落日的壮景,遗憾的是法国离得太远了。但是,在你那小小的星球上,你只要把椅子挪几步就能看到日落了。什么时候要看夕晖都能看得到……

“有一天,我看了四十三次太阳下山!”

过了一会儿,你又说:

“你知道……一个人愁闷的时候，都爱看西下的夕阳……”

“看了四十三次太阳西下的那一天，你的心情差得很吧？”

小王子没有答话。

7

第五天，仍然是多亏了那只绵羊，小王子生活中的秘密才被泄露了出来。他似乎对一个问题反复思考了许久，然后开门见山，直截了当地突然问我：

“绵羊吃灌木，它也吃花吗?”

“绵羊遇见什么吃什么。”

“带刺的花也吃?”

“吃的。带刺的花也吃。”

“那刺还有什么作用呢?”

我不知道刺还有什么作用。当时我正忙于把发动机上拧得过紧的螺栓弄下来。看来故障极其严重，我正在犯愁呢。最让我担心的，是饮用水已经所剩不多了。

“那刺还有什么作用呢?”

小王子一旦提出疑问，就要寻根究底，追问个没完，绝不会中途而废。我正被螺栓闹得心烦意乱，便顺口答道：“刺不起作用，都是因为花儿心眼太坏!”

“哦?”

沉默了一会儿,他悻悻地说:

“我不信你说的话!花儿弱不禁风,花儿天真无邪,她们自顾不暇呢。她们身上长了刺,是为了给自己壮胆,为了保护自己……”

我不说话。这时我的念头是:“如果这颗螺栓拧不下来,我就用锤子把它砸了。”

小王子打断我的思路:

“你相信,你,相信花……”

“别烦我了!别烦我了!我什么也不信!我不过在信口开河啊。我,我在忙正经事呢。”

他瞪着我,愣住了。

“你在忙正经事!”

他看见我手攥锤子,两手油污,俯身对着一件他认为很丑的物件。

“你说话的时候像个大人!”

听了这话,我有点难为情。然而他又毫不留情地讲了一句:

“你是非不分……你混淆黑白!”

他真的气坏了。一头金发在风中乱摇。

“我知道一颗行星,上面有一位红脸先生。他从未嗅过一朵花。他从未观赏过一颗星星。他从未爱过一个人。他什么事也没干过,只会做算术中的加法。他整天就像你一样,反复地唠叨:‘我是个正经人!我是正经人!’真是自命不凡,神气活现!可他不是人,是蘑菇!”

“是什么?”

“是蘑菇!”

小王子气得脸色发白。

“几百万年以来,花儿都长着刺;几百万年以来,羊也在吃花。难道我想知道,花儿为什么憋足了劲长没用的刺,这是不正经的事吗?这不比红脸胖子的加法更正经,更重要吗?要是我认识的世界上的一朵独一无二的花,她哪儿也不去,就爱长在我的星球上,可是却在某天早晨,被小绵羊一不留神咬死了,难道这样的事也不重要吗?”

他的脸由白转红,然后说:

“要是有个人爱上了一朵花,这朵花不长在亿万颗星球上,只长在他的星球上,而他只要仰望星空,想到‘我的花儿就在那儿……’,心就陶醉在幸福里, 羊却吃了他心爱的花——这对他而言, 简直是整个星空都黯淡无光了,难道这样的事还不重要吗?”

他说不出话来,突然号啕大哭。夜幕降临,我扔下手里的工具,顾不得锤子、螺栓、干渴、死亡了。在一颗星球上,在我的行星地球上,有一个小王子需要安慰!我把他搂进怀里,轻柔地摇着他。我抚慰他:“你爱的那朵花不会有危险的……我给你的绵羊画一个口罩……我给你的花儿画一副铠甲……我……”我也不知道我还说了什么话,只觉得自己笨嘴笨舌,不懂得该怎样安慰他,打动他……眼泪的王国太神秘了。

8

我很快就对这朵花有了更深的了解。小王子生活的星球上长着很朴素的单瓣花，她们一点儿也不占地方，也不扰人，在草地上朝开暮落。而这朵花的种子不知道是从哪儿来的。小王子密切注视着她的与众不同的嫩枝。她很可能是新品种的猴面包树苗呢。然而枝条很快就停止伸展，竟开始结花蕾。小王子看着硕大的花苞，预感到她会绽放出奇异的花朵。然而花儿躲在绿莹

莹的屋子里精心打扮。她仔细挑选颜色，慢条斯理地穿衣，一片片地搭配她的花瓣。她不肯像虞美人那样，皱巴巴地就往外跑，就亮相。她要容光焕发地见人。唉！不错，她就是朵极爱俏的花儿。她神秘兮兮地梳妆打扮了好几天，终于在一天早晨，在太阳出来的那一刻，她露脸亮相了。

精心打扮了几天，算准了出场的时间，她却打着哈欠说：

"唉！我刚刚睡醒呢……请你原谅……我的妆还零乱呢……"

小王子忍不住赞叹：

"您真美啊！"

"是吗，"花儿柔声说，"我和太阳同时诞生……"

小王子看准她并非谦恭的女子，不过，她确实美丽动人！

"是吃早点的时候了吧。"很快她又说，"劳驾您给我……"

小王子为自己的疏忽而感到羞惭，赶紧找了一壶清水，侍候花儿用餐。

不久,她爱慕虚荣的性情开始折磨他。例如,有一天,她对小王子说到她身上长的四根刺的用途。她说:

“这儿也许有老虎吧,老虎的爪子锋利得很呢!”

“我的星球上没有老虎。再说,老虎不吃草。”小王子表示异议。

“我可不是草。”花儿柔声说。

“对不起……”

“我一点也不畏惧老虎,但我讨厌风。您没有屏风吗?”

“你居然讨厌风啊……这可不好。”小王子对她有了看法。“这朵花倒很复杂……”

“晚上您用罩子把我罩起来吧。您这儿太冷,位置不好。我来的那个地方……”

她住了口。来这儿的时候她还是一颗种子呢，怎么可能了解别的地方呢。她撒的谎幼稚可笑,让人一下子就能识破。她觉得丢脸,便咳嗽了两三

声，想把过错推到小王子身上去：

“我要的屏风呢?……”

“我正要去找屏风，是您和我说话的呀!”

她又故意咳嗽，存心让他内疚不安。

小王子很怜爱她，但她的做作令他生疑。他是个做事一丝不苟的人，常把无关紧要的闲话当真，难免招来不少麻烦。

有一天，他向我倾诉他的心事：“我本不该听信她的话的。永远也别信花儿讲的话。她们的作用就是供人观赏，供人嗅闻。我的花熏香了我的星球，但我不懂得为此高兴。她说的老虎爪子的话，本来应该打动我的心，我却生了她的气。”

他还说：

“那时我真是不懂事。要对一个人下定论，不应听其言，而应观其行。她

芬芳馥郁，赏心悦目，我不应抛下她一走了之!我不理解她那不聪明的谎言饱含的深情。花儿是缺点不少但优点也很多的矛盾的东西! 那时我年纪太轻，不懂得珍惜她，爱她。”

9

我估计他是趁候鸟迁徙时出走的。出走的那天早晨，他认真收拾整理他的星球，仔细疏通火山口。他有两座活火山，热早饭挺方便的。他还有一座死火山。可是正如他说的："日后的事很难说!"谁知道死火山会不会变活呢?所以他也疏通死火山。经过疏通，火山里的火焰缓缓燃烧，火山就不会喷发。火山喷发的道理与炉火一样。我们这些人太渺小，没有疏通火山的能力，所以火山才给我们造成很多麻烦。

小王子闷闷地拔除了最后几棵猴面包树苗。他知道自己不会再回来了。那天早晨，他觉得所有的家务活干起来都挺亲切的。最后一次给花儿浇水，准备给她盖上罩子，他竟觉得他想哭。

他对花儿说："别了。"

她不作声。

"别了。"他又说。

花儿咳嗽，可不是因为着了凉。

她终于对他说："我以前真傻，请你原谅。好好地享受生活吧，愿你幸福。"

她并没有责备他的意思。他觉得挺意外。

他不知所措地站在那儿，高举着罩子。他不理解她的脉脉深情。

“是的，我爱你，”花儿对他说，“你丝毫没察觉到我对你的爱，这是我的错。如今说也没用了。你和我一样傻。好好地享受生活吧，愿你幸福……你把这罩子放一边去吧，我不需要它。”

“可是风……”

“我并非如此的弱不禁风……清新的夜风对我的健康有好处，我是一朵花儿嘛。”

“可是动物……”

“如果我想认识蝴蝶，就必须能承受两三条毛虫。这似乎是很美的事。要不，谁会看望我呢？你呢，又快离我而去了。我一点不畏惧大的动物，我有爪子呀。”

她天真地伸出她的四根刺。然后又说：

“别婆婆妈妈，磨磨蹭蹭的了，闹得人心乱。你既已下了决心，那就走吧。”

她不愿让小王子看见她哭。她是一朵多么骄傲的花儿哟……

10

他居住的星球位于小行星325号、326号、327号、328号、329号、330号所在的地区。于是他决定首先拜访它们,在那儿找事干,并增长见识。

325号行星上住着一位国王。他穿着镶有紫红色袖口和领口的白鼬皮衣服,坐在式样简单然而威严的宝座上。

看见小王子,国王大声嚷:

“哈!来了一个老百姓。”

小王子心想:

“他从未见过我,怎么认得出我呢?”

他不知道,国王们把世界看得很简单,他们以为普天下的人都是他的百姓。

国王为终于成为另一个人的国王而自豪。他对小王子说:“过来,让我好好地瞧瞧你。”

小王子用眼睛搜寻可坐之处,可是行星被国王豪华的鼬皮塞满了,他只好站着,因为累了,他打了个哈欠。

“在国王面前打哈欠,违反礼节,我不准你打哈欠。”国王说道。

小王子抱歉地说:“我不是有意的。我长途跋涉,没有睡眠……”

“既然如此,”国王对他说,“我命令你打哈欠。我已经多年没看见别人打哈欠了。依我看,打哈欠挺好玩的。快!打吧!这是命令。”

“您的命令让我害怕……我打不了……”小王子涨红了脸。

“嗯,嗯,”国王说,“那么我……我命令你一会儿打,一会儿不打……”

显然,挨了小王子的冲撞,他有点气恼,话也说不流利了。

国王最关心的是别人尊重他的权威,他不允许别人违抗他的命令,他是一个典型的专制君王,但他毕竟是个善良之辈,下达的命令都合乎情理。

“要是我向一个将军下令,要他变成海鸟,将军是不愿服从的。这样,错不在将军,错在我身上。”他说,口齿很伶俐。

“我可以坐下来吗?”小王子怯怯地问。

“我命令你坐下。”国王说,他威风凛凛地一挥白鼬皮皇袍的下摆。

小王子有个问题弄不明白:这颗星球小得惊人,国王统治什么?

“陛下……”他说,“请原谅我向您提个问题……”

“我命令你向我提问题……”国王急忙说。

“陛下……您统治什么?”

“统治一切!”

国王指指他的星球,其他星球,所有的星球。

“所有这一切?”小王子问。

“所有这一切……”国王答道。

因为他不但是个专制君主,还是宇宙之王。

“所有的星星都听命于您吗?”

“当然啦,”国王说,“它们令出即行。我不能容忍无纪律的行为。”

小王子既赞叹又羡慕国王的权威。如果他也掌握这样的权力,一天之内他就可以不止观赏四十三次,而是观赏七十二次,甚至一百次,或两百次日落,还不用挪动椅子!想到被他遗弃的小行星,他有点伤感惆怅。他壮壮胆,请求国王开恩:

“我想观看夕阳西下……求您开恩……命令太阳下去吧……”

“如果我命令将军像蝴蝶那样,在花间飞来飞去,或命令他写一部悲剧,或变成海鸟,如果将军接到命令后不愿执行,你说是他的错还是我的错?”

“那是您的错。”小王子不假思索便脱口而出。

“你说得对,不能强人所难。”国王说,“权威首先必须建筑在理性上。如果你命令你的人民跳海,他们定会造反。我有命令百姓服从的权利,那是因为我的命令合符情理。”

“那么,我要求的日落呢?”小王子问道。一旦提出一个问题,他是不会中途而废的。

“你会看到你要求的日落的,我会发布命令。要科学管理一个国家,下命令应等时机成熟。”

“什么时候时机才成熟呢?”小王子问。

“嗯,嗯,首先我要查看大皇历。嗯,嗯,要等到……今晚……十时四十分左右……左右……你会看到他们怎样执行我的命令。”

小王子打了个哈欠。他感到惋惜,因为他的要求泡汤了。再说,他已经有点儿腻烦了。

“我在这儿没事可干了,”他对国王说,“我要告辞了!”

“你别走。”国王说，拥有一个百姓，对他来说是一件值得自豪的事。“别走，我任命你为部长!”

“哪个部的部长?”

“……司法部。”

“可这儿没人可审呀!”

“这可就难说了，”国王说，“我还没视察过我的王国呢。我上了年纪，这儿又没有停马车的地方，走路又太累了。”

“啊，我已经看过了。”小王子俯身朝星球的另一端又瞟了一眼。“那儿也没一个人……”

“你就审你自己吧，”国王说，“这是最难办的事。审自己比审别人难得多。你若能审自己，你就是真正的聪明人。”

“我嘛，”小王子说，“无论在什么地方我都能审自己，无须住在这儿。”

“嗯，嗯，我知道。”国王说，“在我的星球的某一处，有一只老耗子。我在夜里听到的。你可以审这只老耗子。隔一段时间判它一次死刑。这样，它的死活就由你的裁判决定了。但你每一次都要免除它的死罪，你要悠着点，因为就只有这一个犯人了。”

“我可不喜欢判人死刑。”小王子说，“我看我该走了。”

“别走。”国王说。

小王子已经做好走的准备，但他不愿伤老国王的心，他对老国王说：“如果陛下您希望令出即行，您可以向我下达合理的命令。例如说，可以命令我在一分钟之内离开。我认为时机已经成熟……”

国王一言不发。小王子犹豫片刻，然后叹口气，抬腿走了。

国王急忙大叫:“我封你为大使。”

他摆出威风凛凛的神气。

小王子一面赶路,一面自言自语:

“大人们真怪。”

11

第二颗星球住着一个爱慕虚荣的人。

“啊!啊!崇拜我的人访问我啦!”看见小王子,这个爱慕虚荣的人打老远就高声喊。

爱慕虚荣的人以为别人都崇拜他。

“您好。”小王子说,“您的帽子真怪。”

“这顶帽子是用来敬礼的,”爱慕虚荣的人说,“有人向我欢呼的时候,我就用它敬礼。可惜这儿没一个人来。”

“您说什么?”小王子听不懂他的话。

“请你鼓掌吧。”爱慕虚荣的人建议。

小王子依言鼓掌。爱慕虚荣的人举起帽子,态度谦恭地行礼。

“这比拜访国王有趣多了。”小王子暗自想。他又一次拍巴掌。爱慕虚荣的人又举帽子行礼。

反复操练了五分钟之后,小王子厌倦了这个单调的游戏。

“该怎样做才能让您放下帽子?”小王子问。

爱慕虚荣的人听不见这句话。爱慕虚荣的人只听得见赞扬声。

“你对我真的崇拜到了五体投地?”他问小王子。

“什么叫作‘崇拜’?”

“‘崇拜’就是承认我是星球上最帅、衣着最讲究、最富有、最聪明的人。”

“在你的星球上只有你一个人啊!”

“你就让我享受被人崇拜的快乐吧,仍然崇拜我吧!”

“我崇拜你,”小王子耸耸肩,“这有什么值得你快乐的呢?”

小王子走了。

“大人们确实怪得出奇。”小王子一边赶路一边对自己说。

12

下一颗星球住着一个酒鬼。这次访问时间不长,但小王子极为不快。

“你在干什么?”小王子看见酒鬼在喝闷酒,面前摆着一大堆空瓶子和装满了酒的瓶子,就这样问他。

“我在喝酒呀。”酒鬼闷闷不乐地回答。

“你为什么喝酒呢?”小王子问他。

“为了忘记呗。”酒鬼答。

“为了忘记什么?”小王子有点可怜他,又问。

“为了忘记羞愧呗。”酒鬼低着头,老老实实地承认。

“为了什么事羞愧呢?”小王子打算帮助他,又问。

“我为喝酒羞愧!”酒鬼讲完后,闭了嘴巴不再讲话。

小王子大惑不解。小王子走了。

“大人们真是没法理解。”小王子一边赶路一边想。

13

第四颗星球是商人的星球。小王子到来的时候，商人正埋头忙碌，头也没抬起来。

“您好!”小王子说，“您的香烟已经熄灭了。”

“三加二等于五，五加七等于十二，十二加三等于十五，你好。十五加七等于二十二，二十二加六等于二十八，我没时间点烟。二十六加五等于三十一。嗬!一共是五亿零一百六十二万二千七百三十一。”

“五亿个什么?”

“什么?你还在这儿?五亿零一百……我也闹糊涂了……我的活太忙了!我是个正经人，不爱讲废话!二加五等于七……”

“五亿零一百万个什么?”小王子还在追问，他一旦提出问题，绝不中途而废。

商人抬起头：

“我住在这个星球上已经五十四年了，只受过三次干扰。第一次干扰发生在二十二年前，鬼知道从哪儿掉下一个愣头青，发出的声音大得吓人，弄得我的加法出了四个错；第二次干扰发生在十一年前，我患了关节炎，我缺乏体育锻炼，我没时间闲逛，我是个正经人；第三次……就是这一次！我刚好算到五亿零一百万个……”

“五亿零一百万个什么？”

商人知道他休想安宁了：

“五亿零一百万个小东西，有时在天上看得到的小东西。”

“苍蝇吗？”

“不是，是闪闪发亮的小东西。”

“蜜蜂吗？”

“不是，是金色的小东西，能教闲得发慌的人发痴做梦的小东西，可我是正经人，我没时间遐想做梦。”

“啊!是满天的繁星吗?”

“就是这个。满天的星星。”

“你要五亿多颗星星做什么?”

“是五亿零一百六十二万二千七百三十一颗。我是个一丝不苟的人,我务求精确。”

“你要星星干什么?”

“我要它们干什么?”

“是呀。”

“没什么用。我拥有它们。”

“你拥有星星?”

“是呀。”

“我见过一个国王,他……”

“国王不是‘拥有’,他是‘统治’。大不相同。”

“你拥有星星又怎么样呢?”

“拥有了星星,我就成了大富翁呗。”

“成了富翁有什么好处?”

“如果又有人发现了新的星星,我就把它们买下来呀。”

小王子心想:“这个人的推理方法有点像我见过的那个酒鬼。”

他仍然提出问题:

“怎样才能拥有星星?”

商人烦了,没好气地反问:

“你说,这满天的星星属于谁?”

“我不知道。它们不属于任何人。”

“那么它们属于我。因为我是第一个想到要拥有它们的人。”

“光是想就行了吗?”

“那还用说吗?你发现一颗没有主人的钻石,这颗钻石就归你了。你发现一个不属于任何人的岛,这岛就是你的了。你头一个想出一个主意,你就可以申请专利,这个主意就是你的了。而我呢,我拥有星星,因为在我之前没有一个人想过要拥有星星。”

“这倒是真的。”小王子想。“你要星星做什么用?”

“我管理它们。我数它们,一次又一次地数它们。”商人说,“这是件困难的事,但我是个正经人!”

小王子对这个回答还不满意:

“我若拥有一条围巾,我可以把它围在脖子上带走;我若拥有一朵花,我可以把它摘下带走;可你摘不下星星呀!”

“我不能摘星星,但我能把它们存入银行。”

“这是怎么回事?”

“我在一张小纸条上写上我的星星的数目,然后把它锁进抽屉里。”

“就这样?”

“这就行啦!”

小王子想:“这倒是挺好玩的,还挺有诗意的呢,但算不上是严肃正经的事儿。”

对“严肃正经的事儿”,小王子的看法与大人的看法极不相同。

小王子说:“我呢,我拥有一朵花,我就天天给它浇水;我拥有三座火山,我就每个星期给它们疏通清理。我也疏通死火山，因为日后的事难说。我能做对火山、对花有益的事，才叫作拥有它们。但你却不给星星做有益的事。”

商人张口结舌，找不到话回答。小王子掉头走了。

“大人们真是怪得没法说。”小王子一边赶路一边嘀咕这一句话。

14

第五颗星球稀奇古怪，它是熠熠繁星中最小的一颗，它仅能容纳一盏路灯和一个点灯人。小王子怎么想都想不明白，这颗位于太空中不起眼的星球，既没有房屋，又没有居民，这路灯和点灯人有何用途。他想："这个点灯人也许古怪，然而他不会比国王、爱慕虚荣的人、商人、酒鬼更荒谬吧，至少他干的工作还有意义。他点亮路灯，如同给太空增添一颗星星，或一朵鲜花；他熄灭路灯，就是让花儿和星星休息睡眠。这活儿充满诗意，既然充满诗意，那就是有益的工作。"

他走近星球，毕恭毕敬地向点灯人行礼：

"你好。你刚才为什么把灯灭了？"

"这是规定。"点灯人答道，"早上好。"

"什么规定？"

"熄灯的规定。晚上好。"

他点上灯。

"你怎么又把灯点着了？"

"这是规定。"点灯人说。

“我不明白。”小王子说。

“用不着明白，”点灯人说，“规定就是规定。早上好。”

他灭掉路灯。

然后他用红方格手帕抹抹额头。

“这活儿可把我累苦了。从前的规定还合乎情理，早上熄灯，晚上点灯。熄灯之后休息，点灯之后睡觉……”

“现在的规定改了？”

“规定倒没有改，”点灯人说，“倒霉就倒霉在这儿！行星一年转得比一年快，而规定却没有改变！”

“这是怎么回事？”

“现在它一分钟转一次，我连一秒钟的休息时间都没有。每分钟要点亮、熄灭一次灯火！”

“这怎么可能呢？你这儿一分钟就是一天？”

“怎么不可能，”点灯人说，“我们已经聊了一个月了。”

“一个月？”

“是的，三十分钟，就是三十天！晚上好。”

点灯人又点亮了路灯。

小王子看着他，小王子喜欢这个一丝不苟，按章办事的点灯人。他记起自己以前必须挪动椅子才能看到日落的情景。他很愿意帮助他的朋友。

“你知道吗……我有个办法，你什么时候想休息就可以休息……”

“我一直想找个办法呢。”点灯人说。

有个办法既能按章办事又能偷懒就好了。

小王子继续说道：

“你的星球这么小，走三步就绕了一个圈。你只要放慢脚步，太阳就老在你的头顶上。你想休息的时候，你就往前走……你的白天要多长有多长。”

“这个办法解决不了我多大的问题，”点灯人说，“我平生喜欢的就是睡觉。”

“那你就太不走运了。”小王子说。

“我真的不走运。”点灯人说，“早上好!”他又灭了路灯。

小王子一面赶路一面想：“这个人会被其他人瞧不起的。会被国王、爱慕虚荣的人、酒鬼、商人瞧不起。可是他是唯一的我不觉得可笑的人，也许因为他没有光顾自己吧!”

他惋惜地叹口气，又想：

“这个人本来是唯一可做我的朋友的人，但他的星球实在太小了，搁不下两个人……”

小王子不敢承认，他对这颗星球颇有好感的原因是，它得天独厚，二十四小时之内就可以观看一千四百四十次日落。

15

第六颗星球比刚才那颗大十倍。星球上住着一位老先生,正在撰写大部头著作。看见小王子,他大声嚷:

"嗬!来了一个勘探人员!"

小王子有点气喘,坐在桌子上。他赶了大老远的路呢!

"你从哪儿来?"老先生问他。

"这是本什么巨著?"小王子问,"您在这儿干什么?"

"我是地理学家。"老先生说。

"什么叫'地理学家'?"

"地理学家是学者,知道哪儿有大海、江河、城市、山脉、沙漠。"

"这倒挺有趣的。"小王子说,"总算是真正的职业!"他环顾地理学家的行星。他从未见过这样豪华的行星。

"您的星球真美。这儿有大洋吗?"

"我不可能知道这事。"地理学家说。

"啊(小王子有点失望)!有山脉吗?"

"我不可能知道。"地理学家说。

“有城市、河流、沙漠吗？”

“我也不可能知道。”地理学家说。

“可你是地理学家啊！”

“不错，”地理学家说，“但我不是勘探人员。我这儿很缺勘探人员。计算城市、江河、山脉、大海、大洋、沙漠的数目，不是地理学家干的事。地理学家太重要了，没有工夫四处闲逛。他必须寸步不离办公室。他在办公室接见勘探人员，询问他们，记下他们的回忆。勘探人员引起了地理学家的兴趣，地理学家就要调查这位勘探人员的品质。”

“为什么？”

“一个撒谎的勘探人员会给地理学家的书带来灾难，酒喝得太多的也不行。”

“为什么?”

“酒鬼看的东西是重叠的，地理学家就会在有一座山的地方记下两座山。”

小王子说:“我认识一个人,他会成为糟糕的勘探员。”

“很可能。勘探人员的品质不错,我就调查他的发现。”

“你亲自去实地调查吗?”

“不,那太复杂了。我要求勘探人员提供证据。比如说,他发现了一座大山,我就要求他带大石来。”

地理学家突然兴奋起来:

“你呢,你是从远方来的!你是勘探队员!你给我描写你的星球吧!”

地理学家打开他的登记册，削尖铅笔。他先用铅笔记下勘探人员的口述。勘探人员提供证据后,再用钢笔誊写。

“请谈吧!”地理学家说。

“啊!我们那儿,可没意思了,”小王子说,“它才一点大,我有三座火山:两座活火山,一座死火山,可谁知道以后会有什么变化呢。”

“以后的事谁知道呢。”地理学家说。

“我还有一朵花。”

“我们不记录花的。”地理学家说。

“为什么不记录花呢?它是最美的东西!”

“因为它‘昙花一现’。”

“什么叫作‘昙花一现’？”

“地理书是一切书籍中最珍贵的书籍，从不会过时。山移位，海洋干枯都是极少发生的事。我们写的是永恒不变的东西。”

“可是死火山也会复苏。”小王子打断他的话，“什么叫作‘昙花一现’？”

“火山死与不死，在我们看来都是一回事。”地理学家说，“我们重视的是山，山不会改变。”

“什么叫作‘昙花一现’？”小王子继续追问。他素来如此，一旦提出一个问题，绝不肯放弃。

“‘昙花一现’的意思就是‘面临很快消失的危险’。”

“我的花儿也有很快消失的危险吗?”

“当然。”

“我的花会‘昙花一现’,”小王子想,“而她只有四根刺保护自己,应付这个世界!我却抛弃了她,让她孤苦伶仃地待在我家!”

他头一次体会到悔恨的感觉。然而他还是鼓起勇气问:

“您能否指点我,我该去哪儿访问?”

“到地球上去吧,”地理学家说,“它非常有名……”

小王子走了,一路上都在思念他的花儿。

16

第七颗星球就是地球。

地球可不是等闲之辈!地球上有一百一十一位国王(我当然没有忘记算上黑人国王)、七千位地理学家、九十万个商人、七百五十万个酒鬼、三亿一千一百万个爱慕虚荣的人,也就是说,约莫有二十亿个大人。

为了让你们对地球的面积大小有个具体形象的概念,我给你们打个比方。我告诉你们,世界上还没有人发明电的时候,六大洲需要维持一支由四十六万二千五百一十一个点灯人组成的真正大军。从稍远处眺望这支大军,真是蔚为壮观。点灯人的动作犹如芭蕾舞演员的动作:整齐划一,井然有序。首先上场的是新西兰、澳大利亚的点灯人,他们点亮路灯后就去睡觉。接着加入舞蹈行列的是中国和西伯利亚的点灯人,然后他们也隐没于后台。然后轮到俄罗斯和印度的点灯人,接着是非洲和欧洲的,然后是南美洲的、北美洲的。这支大军的进场顺序从不错乱,真是让人叹为观止。

唯有北极点灯人和他的南极同行,过着悠闲懒散的生活。北极和南极各自仅有一盏灯,他们一年只点两次灯。

17

好出风头，喜欢卖弄聪明的人，多少会讲几句大话，吹点牛皮。我给你们介绍点灯人的时候，也不太老实。我也许让不了解我们星球的人产生误解，造成错觉。人在地球上占的位置微乎其微。倘若让散居在地球上的二十亿人口集中在一起开大会，他们可以松快地站在二十英里长二十英里宽的广场上。可以把人类堆在太平洋最小的岛屿里。

当然，大人们不会相信这些话。他们以为自己占了很大的位置，自以为自己像猴面包树那么庞大。那你就建议他们算一算。他们不是喜欢数字吗？他们会高兴的。但我劝你们别多此一举了，挺麻烦的，毫无用处的。相信我的话吧。

小王子来到地球后，看不见一个人影，不由心里纳闷。他担心走错了路，到了别的星球了。这时，他看见沙地上有一个月白色的圆环在蠕动。

"晚安!"小王子随口说。

"晚安。"蛇说。

"这儿是什么星球?"小王子问。

"是地球，非洲。"蛇回答说。

“哦?……地球上没人吗?”

“这儿是沙漠,沙漠里是没有人烟的,地球很大。”蛇说。

小王子坐在一块石头上,抬头看天空:

“我在想,星星发亮是否为了让每个人有一天能找到自己的星星。你看我的星球,它正好在我的头顶上……可它多么的遥远!”

“它真美。”蛇说,“你来这儿干什么?”

“我和一朵花赌气闹别扭呢。”小王子说。

“哦!”蛇说。

他们都缄口不言了。

“人在哪儿呢?”小王子终于开口说话,“待在沙漠有点孤独……”

“跟人在一起也孤独。”蛇说。

小王子久久凝视着它。

“你是奇特的动物,”小王子终于说道,“你像一根指头般细……”

“可我比国王的指头强大得多。”蛇说。

小王子微微一笑。

“你没有那么强大吧……你连爪子都没有……你连走路都不会……”

“船能送你走远路,可我能送你走更远的路。”

它盘着小王子的脚踝,像一只金镯子。

“我碰到谁,就能把他送回他来的地方,”蛇还说,“但你纯洁,你是从星球上来的……”

小王子默默无言。

“我同情你,在这花岗岩构成的地球上,你这么弱小。如果你有朝一日思念你的星球,我可以帮助你。我可以……”

“啊!我完全明白你的意思,”小王子说,“但你的话为什么句句都像谜似的?”

“我能解一切谜。”蛇说。

他们都不讲话了。

18

小王子穿过沙漠，只遇见一朵花。一朵三瓣的花，一朵极普通平凡的花……

“你好。”王子说。

“你好。”花儿说。

“人在哪儿呢?”小王子彬彬有礼地问。

花儿有一天曾看见一队骆驼走过。

“人?依我看,人是有的,大概六七个吧。好几年前我见过他们。但我不知道在哪儿能找到他们。风把他们吹散了。他们没有根,这就使他们吃尽了苦头。”

“别了。”小王子说。

“别了。”花儿说。

19

小王子登上一座高山。以前他只见过自己的那三座火山,火山很矮,才到他的膝盖。死火山只能给他当凳子坐。

“站在这座高山上,”他想道,“我一眼就能看见整个星球和所有的人了……”

但他只看见悬崖峭壁。

“您好。”他试探着喊道。

“您好……您好……您好……”回声应道。

“您是谁?”小王子问。

“您是谁……您是谁……您是谁……”回声应道。

“做我的朋友吧,我很孤单……”他说。

“我很孤单……我很孤单……我很孤单……”回声又答应道。

“多么古怪的星球!”小王子想道,“干干巴巴的,尖尖峭峭的,带点咸味儿的,这儿的人缺乏想象力,他们净重复别人讲过的话……而在我的那个星球里,我有一朵花,她总是抢先讲话……”

20

小王子在沙漠、山峰、大雪中长途跋涉。他终于看见了一条路，条条路都通向有人烟的地方。

“你们好。”他说。

这是一座盛开着玫瑰花的花园。

“你好。”玫瑰花们说。

小王子看着她们。她们一个个全像他的那朵花儿。

“你们是谁?”小王子大吃一惊，问她们说。

“我们是玫瑰花。”玫瑰花们说。

“啊!”小王子说……

小王子伤心极了。他的花儿告诉他，大千世界中，她是唯一的玫瑰花。可是在这儿，仅仅一座花园里就有五千朵玫瑰花，全都长得一模一样!

他想:“要是她看见这群玫瑰花，她又要恼羞成怒了……为了挽回面子，她又要装模作样地咳嗽，做出一副要死要活的样子，我也要呵护她，不然，她为了羞辱我，真会寻死的……”

他又想道:“我原以为我拥有一朵独一无二的花，我以为我很富足，原来她只是一朵极平常的花，她，以及我那三座只有我膝盖高的火山——其中一座也许永远都活不了，它们不能使我成为一位伟大的王子了……”

于是，他趴倒在草地上伤心地哭泣。

21

就在这个时候,出现了一只狐狸。

“你好。”狐狸说。

“你好。”小王子彬彬有礼地回答,他转过身,但看不见有什么东西。

“我在这里,”那声音说,“在苹果树下。”

“你是谁?”小王子说,“你真漂亮……”

“我是狐狸。”狐狸说。

“来跟我一起玩吧。”小王子向他建议,“我非常伤心……”

“我不能跟你一起玩,”狐狸说,“我不是驯养的动物。”

“哦,对不起。”小王子说。

小王子想了想,又问:

“什么叫作‘驯养’?”

“你不是本地人。”狐狸说,“人有枪,人打猎,太可恶了!可人也养鸡!这是人唯一的好处。你也找鸡吗?”

“不!”小王子说,“我找朋友。什么叫作‘驯养’?”

“这是一件被人遗忘干净的事了,”狐狸说,“它的意思就是‘建立联系’……”

“建立联系?”

“当然,”狐狸说,“对我而言,你不过是一个小男孩,和千千万万的小男孩没有两样。而且我不需要你,你也不需要我。对你而言,我只是一只狐狸,和千千万万只狐狸没有两样。但如果你驯养了我,我们就互相需要了。你就是我世界上唯一的人了,我也是你世上唯一的狐狸了……”

“我有点明白了。”小王子说,“有一朵花儿……我认为她驯养了我……”

“这可能,”狐狸说,“地球上有各色各样,形形色色的东西……”

“啊!她不在地球上。”小王子说。

狐狸露出大惊的神色。

“在另一个星球上?”

“是的。”

“那颗星球上,有猎人吗?”

“没有。”

“那可有意思了!有鸡吗?”

“没有。”

“世上就没有十全十美的东西。”狐狸叹了一口气。

狐狸又扯回原先的话题:

“我的生活枯燥乏味,异常单调。我逮鸡,人逮我。鸡全是一个模样,人也是一个模样,我都腻了。但如果你驯养我,我的生活就会充满阳光。我能辨得出与众不同的脚步声。别人的脚步声吓得我赶紧钻回地洞。你的脚步声却像悦耳的音乐,召唤我走出洞穴。你瞧!你看那儿,那不是一片麦田吗?我不吃面包,我不需要小麦,麦田引不起我的想象力。说到这个,实在可悲!但你的头发是金灿灿的,它会叫我想起你的,我就会爱上风吹麦子的声音……”狐狸没说下去,对小王子瞧了好久,又说:

“请你……驯养我吧!”

“我很愿意,”小王子回答说,“但我的时间不多,我还要寻找朋友,还要了解许多新鲜的事物。”

“人只认识自己驯养的东西。”狐狸说,“人再没时间认识什么事物。他们到商店买现成的东西,但没有一家商店是出售朋友的,人也就没有朋友了。如果你想要朋友,你就驯养我吧!”

“我该做些什么呢?”小王子说。

“需要非常的耐心。”狐狸回答说,“首先你要离我稍远点,坐着,像这样,坐在草地上。我斜瞟着你,你什么也别对我说。语言是误会的源泉。可是每天

你可以坐得稍近一点……”

翌日，小王子又来了。

“最好在同一个时间来，”狐狸说，“例如，如果你是下午四点钟来的，从三点钟开始，我就开始感觉到幸福的滋味了。越接近四点钟，我越觉得幸福。到了四点钟，我就心神恍惚，坐立不安了。我发现了幸福的价值，但是如果你不按时来，我就不知道几点钟该装扮我的心，仪式还是需要的。”

“什么叫作‘仪式’？”小王子问。

“这也是一件被人遗忘干净了的事情。”狐狸说，“仪式就是使得某一日不同于其他日子，某一个小时不同于别的小时。比如说，猎人们有个仪式，每逢星期四，他们就与村里的姑娘们跳舞，星期四就成了再美妙不过的日子了!我也就可以到葡萄园里去闲逛了。如果猎人跳舞不挑日子,每一天都一样,我就没有假期了。”

于是小王子驯养狐狸了。小王子要走的时候到了。

“啊!”狐狸说,“……我想哭了。”

“这就是你的不对了,”小王子说,“我一点也不想伤害你,但你却要我驯养你……”

“不错。”狐狸说。

“但你却想哭!”小王子说。

“不错。”狐狸说。

“那你是一无所获了!”

“我有收获的,”狐狸说,“我得到了小麦的颜色。”

然后他又说:

“你去探望玫瑰花们吧,你就会明白,你的玫瑰花是世界上独一无二的花儿。然后你回来与我告别,我会送你一桩秘密作为礼物。”

小王子探望玫瑰花们,并对她们说:

“你们一点也不像我的玫瑰,你们还无足轻重,没有人驯养你们,你们也没有驯养任何人。你们的今天如同我的狐狸的昨天。昨天的他与千千万万的狐狸一样,但自从我让他做了我的朋友,他就是世上绝无仅有的狐狸了。”

玫瑰花们听了心里怪不自在的。

“你们长得很美,但你们的感情世界一片空白。”小王子还对她们说,“没有人为你们而死。不错,行人会认为我的玫瑰与你们没有两样,但只有她比你们重要,因为我给她浇了水,我给她盖上花罩,我给她竖起屏风,给她避风挡雨。我为她杀死了几条毛虫(除了两三条我没杀,要让它们变成蝴蝶),我倾听她的抱怨,或她的吹嘘,有时也看着她默默无语的样子,因为她是我的玫瑰。”

他回到狐狸身边。

“别了。”他说……

“别了,”狐狸说,“这就是我的秘密,它很简单:用心去看才能看清楚,用眼睛是看不见本质的东西的。”

“用眼睛是看不见本质的东西的。”小王子重复念叨这句话,为了把它牢牢记住。

“你为你的玫瑰失去的时间，使你的玫瑰变得重要了。”

“我为我的玫瑰失去的时间，使我的玫瑰……”小王子说道，为了把它记住。

“人忘记了这条真理，”狐狸说，“但你不该忘。你应该永远对你驯养的对象负责，你要对你的玫瑰负责……”

“我要对我的玫瑰负责……”小王子反复念叨狐狸的教诲，为了牢牢记住它。

22

“你好。”小王子说。

“你好。”扳道工说。

“你在这儿干什么?”

“我给旅客们分组。一千人为一批。”扳道工说,“载乘客的火车也由我调度,它们有时开往左方,有时开往右方。”

一列灯火通明的火车风驰电掣般奔来,轰隆隆的响声震得调度室抖动摇晃。

“他们行色匆匆。”小王子说,“他们寻找什么?”

“坐在火车头上的人也不知道他们要寻找什么。”扳道工说。

第二列灯火通明的火车轰隆隆地,从相反的方向奔驰而来。

“他们已经回来了?”小王子问……

“这列车坐的不是刚才那些人。”扳道工说,“这是对开的火车。”

“他们对他们的居住地不满意?”

“人总是这山望着那山高的。”扳道工说。

第三列灯火通明的火车也轰隆隆地响起来了。

“他们在追赶第一批旅客吗?”小王子问。

“他们从不追赶人,”扳道工说,“他们在车厢里睡大觉或打哈欠,只有孩子们才把鼻子贴在玻璃窗上看外面的世界。”

“只有孩子才知道他们要寻觅什么。”小王子说,“他们花不少时间与布娃娃玩,布娃娃变得很重要,如果有人抢走他们的布娃娃,他们就哭鼻子……”

“他们是有运气的人……”

23

“你好。”小王子说。

“你好。”商人说。

这位商人贩卖解渴的药丸。一个星期吃一颗这样的药丸，就不再需要喝水了。

“为什么你卖这种药？”小王子问。

“为了节省更多的时间，”商人说，“专家们计算过，每个星期能节省五十三分钟。”

“节省的这五十三分钟，有什么用途？”

“人可以干自己愿意干的事……”

小王子想：“要是我节省下这五十三分钟，我就要悠闲自在地朝一泓泉水走去……”

24

我的飞机在沙漠出故障的第八天,我听到了商人的故事,此时我储存的水已喝完了,一滴不剩。

我对小王子说:

“啊!你的这些回忆挺美好的,但我还没修好我的飞机,我的水也喝完了,如果我能悠闲自在地向一泓泉水走过去,我也会很幸福快活的!”

“我的朋友狐狸告诉我……”

“我的小人儿,别再说狐狸的事了!”

“为什么?”

“因为我快渴死了……”

他听不懂我说的理由。他说道:

“有个朋友真好,哪怕命在旦夕。我很满意狐狸做了我的朋友……”

我想:“他不知道危险的可怕,他从未尝过饥渴的滋味。他只要一点儿阳光就满足了……”

他看着我,似乎猜中了我的念头:

“我也渴……我们去找一口井吧……”

我做了个无法可想的手势。在一望无际的沙漠中寻一口井，这不是太荒唐了吗?但我们还是出发去寻找了。

我们默默地走了几个小时。夜幕降临，天上现出星星。由于干渴，我在发烧，看见星星，还以为自己在梦中呢。小王子说的话也似乎在我的脑海中跳跃。

“你也口渴了吗?”我问他。

他不回答我的问题，只简单地对我说：

“水对心也有好处……”

我听不懂他的话，但我不作声……我知道不应该问他。

他走乏了，坐了下来。我靠着他坐下。沉默了一会儿，他又说：

“星星美丽，因为里面有一朵看不见的花。”

我应了一句：“当然。”然后我不作声，看着月光下的起伏的沙丘。

“沙漠真美。”他又说。

他说得不错。我素来喜爱沙漠。我们坐在沙丘上。我们无所见，我们无所闻。然而，有什么东西在静静地发光……

“沙漠美丽，因为沙漠的某处隐藏着一口井。”小王子说。

我吃了一惊，因为我突然明白，沙漠中那神秘的闪闪发亮的东西是什么了。我还是一个小男孩的时候，住在一幢古老大屋里。传说里面埋藏着一件宝物。当然，没有一个人能找得到它。也许甚至没人去找它。但它像给这幢屋子施了魔法，让它凭空增添了吸引力。房里埋藏着秘密……

“你说得对，”我对小王子说，“房子也好，星星、沙漠也好，美化它们的东西是肉眼看不见的!”

“我很欣慰，”他说，“你同意狐狸的看法。”

小王子入睡了。我把他抱在怀里，继续走我们的路。我受了感动。我觉得我抱着一件脆弱的宝物。我甚至觉得地球上没有比他更脆弱的东西了。借着银色的月光，我细细看他苍白的前额、闭着的双目、随风抖动的绺绺秀发。我心想：“我看见的只是一具躯壳，最重要的东西是看不见的……”

他半张的嘴唇上泛出浅浅的微笑。我又想：“这位睡着了的小王子打动了我，而打动了我的是他对花的忠贞。玫瑰花的倩影如同灯焰，在他心里闪闪发亮，即使是在梦乡……”

我把他想象得更脆弱了。灯是需要我们小心保护的，一股风就会把它吹灭……我就这样走着，曙光初露时我看见了那口井。

25

“人挤在快车的车厢里，”小王子说，“却不知道他们要寻找什么。他们焦躁不安，团团乱转……”

他又说：

“这又何苦呢……”

我们找到的井不像撒哈拉沙漠的井。撒哈拉沙漠的井是在沙里挖个洞，而我们找到的这口井与村子里的井一样，可是这儿没有一个村子。我以为我正在做梦。

“这就奇了，”我对小王子说，“这井一切齐备：辘轳，水桶，绳子……”

他笑了，抓住绳子，转动辘轳。辘轳吱吱呀呀地叫唤，活像一只老风信鸡在风长睡时的叫唤。“你听，”小王子说，“我们唤醒了这口井。它在唱歌呢……”

我不忍心看他劳力费神。

“让我来干吧，”我对他说，“你干这活太重了。”

我轻轻把水桶提到井口，垂直放进井内。倾听着辘轳的歌声，还看见在荡漾的井水中摇动的太阳。

“我渴望的就是这样的水,”小王子说,“让我喝上几口……”我明白他要寻找什么了。

我把桶举到他的唇边。他闭着双目喝水。水甜得有如过节。这水不仅是饮料,它还是别的东西。它是经过星光下的跋涉,在辘轳的歌声中和在我双臂的努力下诞生的。它像礼物一样愉悦心灵。我还是小男孩的时候,圣诞树上挂的灯、子夜弥撒的音乐、甜蜜的微笑,是我收到的圣诞礼物的光芒。

“你们这儿的人在一个园里种植五千株玫瑰……但他们却找不到他们寻觅的东西……”

“他们没找到。”我说……

“然而他们寻找的东西可以在一朵玫瑰或一点点水里找到的……”

“不错。”我回答说。

小王子又说:

“然而肉眼是看不见的,要用心灵去寻找。”

我喝了水,呼吸畅通了。天亮时分,沙子颜色如蜜。我也喜欢蜜般的颜色。但为什么我的心里总有点不快乐呢?……

“你可要履行诺言啊。”小王子轻声对我说,他又靠近我坐着。

“什么诺言?”

“你知道的呀……给我的绵羊画一个口罩,我要对我的花儿负责呀!”

我从口袋里掏出画稿。小王子看后,笑着对我说:

“你画的猴面包树有点像卷心菜……”

“呀!”

我还为我画的猴面包树自鸣得意呢!

“你画的狐狸……它的耳朵……有点像角……太长了!”

他还在笑。

“你不公平,小人儿。我并不会画画,只会画打开了肚子的蟒蛇和没打开肚子的蟒蛇。”

“啊!很不错的嘛,孩子们看得懂的。”他说。

我用铅笔画了一个口罩,把它交给他的时候,我的心揪得紧紧的:

“你已有了我不知道的计划吧……”

但他避而不答。他只对我说:

“你知道,我落到地球上……明天已是一周年了……”

然后,沉默片刻,他又说:

“当时我就落在附近……”

他的脸红了。

不知何故,我有说不出来的惆怅悲哀。我提出了一个问题:

“这么说,一个星期之前,认识你的那天早上,你不是偶尔一人来到这远离人烟的沙漠的?你要回到你的降落点去?”

小王子的脸又红了。

我犹豫着又问:

“也许是为了纪念降落周年?……”

小王子的脸再次红了。他从不回答我提的问题。但一个人脸红,就意味着默认,意味着做了“是的”的回答,对吧?

“啊!”我对他说,“我怕……”

他却对我说:

“现在你该干活了。你该到你的机器旁忙活儿了。我在这儿等你，明天晚上再来……”

但我不放心。我想起了狐狸的事，让别人驯养，难免要掉掉眼泪……

26

井旁有一堵断墙残壁。第二天晚上,我干完活回来,远远看见我的小王子坐在残壁上,双腿悬空。我听见他说:

“你不记得了吗?不完全在这里!”

无疑有另一个声音回了他的话,因为他反驳说:

“没错!没错!就是这一天,但不是这个地方……”

我向断墙残壁走过去,我看不见也听不见有什么人在那儿。然而小王子又反驳了:

“……当然,你会看到我留在沙地上的足迹,看到它是从哪儿开始的。你在那儿等我就行了。今夜我会在那儿等你。”

我离开墙才二十米,还是一无所见。

小王子沉默片刻后又说:

“你有毒液吗?你能肯定不让我经受很久的痛苦?”

我停住了脚步,心被揪成一团。我仍然听不懂他的话。

“现在你走吧。”他说,“我要跳下去了!”

我的眼光落到墙根,我吓了一跳!一条黄蛇正仰头朝向小王子。这种黄

蛇最毒了,三十秒钟内就能要你的命。我一面伸手到口袋里掏手枪,一面飞步冲过去。蛇听到我的脚步声,轻轻地溜进沙里,如颓然跌落的水柱,不慌不忙地钻进石缝里,发出轻微的金属的声音。

我及时赶到墙边,用双臂接住我的小人儿。这位王子的脸雪一般的苍白。

“怎么回事,你和蛇说话了?”

我解下他从不离身的金围巾,用水湿湿他的太阳穴,给他喝水。现在我不敢再向他提什么问题了。他神情凝重地看着我,双臂搂住我的脖子。我感觉到他的心的狂跳,如同中弹濒死的小鸟。

他对我说:“你找到了机器的毛病,我很高兴。你可以回家了……”

“你怎么知道的?”

我来找他，正是要告诉他：出乎我的意料，我竟修好了我的飞机。

他不回答我的问题，却又说：

“今天我也要回家了……”

然后，他神色凄伤，黯然说道：

“我的家要远多了……也难回去得多……”

我感觉到发生了非比寻常的事情。我把他搂进怀里，如同他是个小孩子。然而我觉得他直往深渊里坠下去，我一点也抓不住他……

他目光严肃，落到远方。

“我有你的绵羊，我有给绵羊住的箱子。我有口罩……”

他凄凉地笑笑。

我等了许久。我感觉到他的身体逐渐恢复了温暖。

“小人儿，你害怕了……”

当然，他害怕！他温和地笑笑：

“今晚我会更害怕！”

我又一次体会到无可奈何的感觉。我全身冰冷。我知道，听不见他的笑声，我会忍受不了的。他的笑声对我来说，如同沙漠里的一口井。

“小人儿，我还想听到你的笑声……”

但他对我说：

“今夜是我到这儿的一周年。我的星星正好在我去年降落处的正上方……”

“小人儿，蛇呀，约会呀，星星的故事，莫非都是一场噩梦？……”

但他不回答我的问题。他对我说：

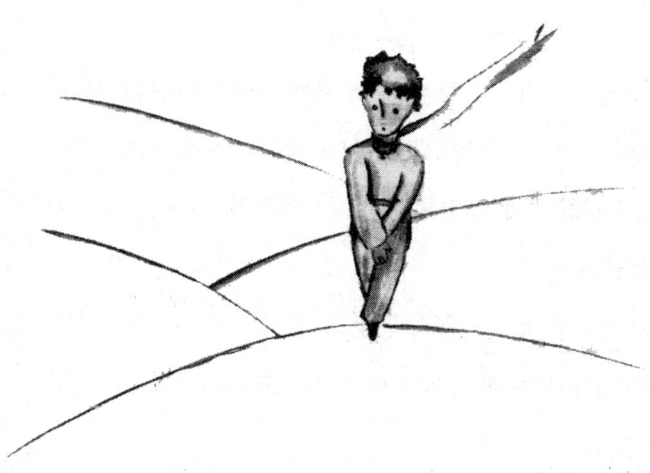

“最重要的东西,是肉眼看不到的……”

“当然……”

“花儿也是这样,如果你爱上了一朵长在一颗星星里的花儿,夜里看看星空,你会觉得甜蜜。所有的星星都像开了花。”

“不错……”

“水也是这样。你给我喝的水,有了辘轳和绳子,水就如同音乐……你记得……它是甘甜的。”

“不错。”

“夜里你仰望星空吧,我的那颗星太渺小,没法子告诉你它在哪儿。这样更好……你就把我的星看作是万千星星中的一颗吧,这样你就会爱看所有的星星……它们全都成了你的朋友。然后我会赠给你一份礼物……”

他还在笑。

“啊,小人儿,小人儿,我喜欢听你的笑声!”

“这正是我给你的礼物……这就和水一样……”

“你想说什么?”

“不同的人有不同的星星。星星是旅行的人的向导,星星只是其他人的小灯,星星是学者研究的问题,星星是我说过的那个商人的金子。但所有的星星都沉默不语。你的那颗星星是别人没有的……”

“你想说什么?”

“既然我住在天上一颗星星里,既然我在其中一颗星星里笑,这就如同所有的星星都在冲你笑,你就拥有无数会笑的星星了!”

他还在笑。

“你得到了安慰之后(人常常自我安慰),你会为认识我而高兴。你会成为我永远的朋友,你会想与我一起笑。有时候,当你想笑而打开窗户的时候……你的朋友看见你仰望星空独自发笑,他们一定会惊讶,你就对他们说:‘是的,我看见星星就要笑!’他们会以为你神经出了毛病。看来是我捉弄了你了……”

他还在笑。

“这样一来,我给你的不是星星,而是一大批会笑的小铃铛……”

他还在笑。然后他收敛了笑容:

“今晚……你知道……你不要来了。”

“我不会离开你的。”

“我会很难看的……会像个死人,别来看我的死了的样子,没有必要。”

“我不会离开你的。”

他露出忧心忡忡的神色。

“我跟你讲这些话……也是因为蛇,不该让它伤害你……蛇是凶残的动

物，高兴时也咬人……”

“我不离开你。”

他想起什么，随即放宽了心：

“真的，蛇咬的第二口不再有毒液……”

那天夜里我没看见他离开我。他是悄悄走的。我终于赶上他。他大步走着，步子迈得又大又坚决。他见了我，只说了一句：“呀，你在这儿……”

他牵住我的手。然后他苦恼地说：

“你不该来的。你会难过的。我会像个死人，其实我不是真死……”

我不作声。

“你知道吧，路途太远，我拖不动这副皮囊，它太沉了。”

我不作声。

“也不过如同蜕了旧壳，一副旧壳不值得悲哀……”

我还是不作声。

他有点泄气了，但还在竭力安慰我：

“你知道，想起你，我的心会温暖的。以后我也会仰望星空，所有的星星会成了带有生锈辘轳的井，所有的星星给我倒水喝……”

我还是不作声。

“那会是多有趣的事情！你会有五亿个小铃铛，我有五亿口井……”

他也不作声了，因为他哭了……

“就在这儿吧。你让我独自走一步。”

他坐了下来，因为他害怕了。

他还说：

“你知道……我的花……我要对她负责！她弱不禁风！她聪明纯洁！她一无所有！只凭四根刺保护自己，抵御世上的侵害……”

我瘫坐在地上。因为我站不住了。他说：

“我的话……讲完了……”

他还犹豫了片刻，然后站起来，向前走了一步。而我不能动弹。

他的脚踝边闪了一道黄光。他凝然不动。他没有叫喊。好一会儿之后，他像大树倒地似的倒下。因为这儿是沙地，他倒下去的时候，一点声音都没有。

27

当然,这已是六年前的事了……我从来没对别人讲过这个故事。我的同事们看见我活着回来,都替我庆幸。我神色哀伤,但我告诉他们:"这是因为累……"

现在,我的离愁别绪已经减轻了一些。也就是说……还没有完全消除。我很明白,他回他的星球去了,因为天亮时我没找到他的尸体。他的躯体并不沉重……我喜欢在夜里倾听星星的呢喃,它们就像五亿个小铃铛……

可是出了非同寻常的事了:我给小王子画了口罩,但我忘了给口罩配上皮带!他别想把口罩套上羊嘴了。我于是想:"他的星球发生了什么事呢?绵羊很可能吃了花儿……"

有时我又想:"一定不会的!小王子每天夜里把他的花儿罩在玻璃罩里,他一定会看管好他的绵羊……"于是我放心了,天上所有的星星都温和地微笑。

有时我想:"人总免不了有疏忽大意的时候,这就够糟的了!要是有天晚上他忘了给花罩上玻璃罩,或者绵羊在夜里悄悄地溜出来呢……"于是,铃铛全变成了泪珠……

这件事始终是无法解开的谜。在宇宙中不知哪个角落，我们不认识的绵羊有没有吃掉一朵玫瑰花，你们——喜爱小王子的人，和我一样，看法绝不相同……

请你们仰望星空吧。请你们问问自己：绵羊有没有吃掉花儿？你们就会看到，天上所有的星星发生了变化……

没有一个大人明白，弄清楚这个问题有多重要！

我认为这幅图画是世界上最凄美的图画了。它与前一幅的画面一样。我再一次画它，是为了让你们好好地看看它。小王子就是在这里出现在地球上的，然后又是从这里离开了地球。请你们仔细看清楚这幅画，有朝一日你们到沙漠，到非洲旅行，才能认出这地方来。如果你经过这个地方，我恳求你们，别匆忙离去，请在那颗星下稍待片刻！如果有个孩子向你走过来；如果他笑吟吟的；如果他长着一头金发；如果你向他提问题，他不回答；你们就会猜到他是谁了。果真如此，请你们行行好！别眼睁睁看着我为思念他而悲伤，别坐视不理，别无动于衷：请你们快点写信告诉我，他回来了……

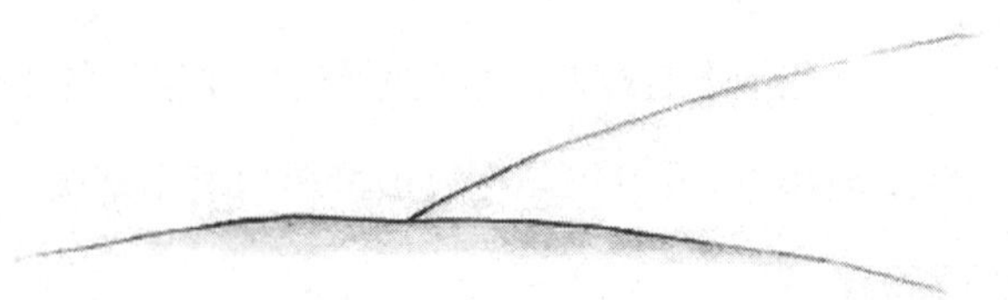

夜航

陆洵 译

1

金色的夕阳下，飞机在丘陵上画出一道深暗的航迹。平原变得流光溢彩，这光彩经久不散：在这片土地上，平原总是金光万丈，无边无际；而入冬以后，又是白雪皑皑，雪花漫天飘扬。

飞行员法比安带着巴塔哥尼亚的邮件，正从美洲最南端飞往布宜诺斯艾利斯。港口的水面和宁静的云彩正在向他显示出种种相似的迹象：面对这份宁静，面对这片轻柔的涟漪，他感觉夜幕正在降临。他正在驶入一片广阔幸福的锚地。

他完全可以认为自己就是个牧羊人，可以在这份宁静中徐步而行。巴塔哥尼亚的牧羊人可以淡定从容地在羊群中来回穿梭，而他则在城市之间穿梭，他放牧的是小城镇。每过两个小时，他就能看得到这类小城，或是在河边“饮水”，或是在原野“吃草”。

有时候，他飞过上百公里比大海还荒无人烟的草原后，便会瞧见一处废弃的农庄。在草海起伏的绿色波浪中，它似乎正疾驰而去，上面满载着一个个鲜活的生命。于是，他摆动机翼向这艘“航船”致意。

“看到圣胡利安了。我们十分钟后降落。”

航空报务员把消息发给了航线上的每个指挥塔。

从麦哲伦海峡到布宜诺斯艾利斯，全程共二千五百公里，这样的中途停靠站比比皆是；但是过了这个停靠站，便进入了黑夜的边界，就像在非洲一样，过了最后一个殖民小镇，便进入了神秘的疆域。

报务员把一张纸条递给飞行员：

"暴风雨实在太大，我的耳机里全是雷鸣声。你在不在圣胡利安过夜？"

法比安的脸上泛出笑容，天空静如止水，前方的所有中途站都在向他们报告："晴天，无风。"

他回答道：

"继续飞吧。"

但报务员认为，暴风雨已经蛰伏在某个角落，如同虫子蛰伏在水果里一般。黑夜很美，但很狂躁：他可不喜欢钻进这团即将腐烂的阴霾之中。

在向圣胡利安减速降落时，法比安感到疲惫不堪。在他的眼里，一切使人生变得甜蜜的东西都在放大：他们的房屋，他们的小咖啡馆，还有沿街的树木。他像一个胜利者，在征战的夜晚亲临帝国的大地，却发现了人们朴实无华的幸福。法比安很想放下武器，很想感受四肢的沉重和酸痛——人生也往往饱含痛苦——也很想做个纯朴的凡人，凝望窗外恒久不变的风景。对于这个小村庄，他已经欣然接受：人经过选择，会安顺于自己的人生际遇，并对它喜爱有加。它会像爱情一样，把你团团围住。法比安以前就想定居于此，感受这里的永恒气息。因为在他看来，那些他只待过一小时的小城，还有斑驳围墙后面他飞行掠过的花园，似乎都在他身外永恒地存在着。村庄敞开了它的胸怀，向飞机迎面而来。而法比安呢，他想到了友情，想到了温柔的女孩，想到了亲切的白桌布,想到了会慢慢演化为永恒的所有东西。飞机飞掠过几乎与之齐高的村庄,将花园的秘密一览无余,而围墙的保护已经无济于事。但是法比安在着陆后得知,除了石墙间缓慢走动的几个人之外,他什么都没瞧见。这个村庄仅仅靠着自己的那份岿然不动,便守住了自己激情的秘密。这个村庄不愿示人以温柔:只有无为之举,才能得其温存。

十分钟的停留时间结束了,法比安又要上路了。

他转身望向圣胡利安:它只剩下一团光芒,接着变成了一缕星光,最后化为了一粒星尘,尽管让他流连忘返,但终究还是消失得无影无踪。

“仪表盘看不清楚,我开灯了。”

他按下了开关,座舱的红灯照在指针上,红色的光芒显得很淡,因为笼罩在一片蓝光中,指针上显不出颜色来。他把手指伸到灯前,勉强染上了点颜色。

“太早了。”

但是夜幕正在降下,如同一股黑烟,飘满了山谷。人们再也分辨不清哪儿是山谷,哪儿是平原。不过村庄已经亮了起来,灯火通明,交相辉映。他也用手指按着航行灯按钮,呼应村庄里的灯光。整片大地满是灯光的召唤,家家户户面对广袤无垠的夜空,点亮了自己的灯光,如同把灯塔转向大海。但凡有人居住的地方,都已经亮光闪烁。法比安很欣赏这次步入黑夜的方式,如同船舶进港,从容而美丽。

他把头转向舱内。指针上亮起了荧光。飞行员挨个查看数字,感到十分满意。他发现自己稳稳地坐在高空。他用手指轻触钢翼梁,感受到了金属中流动着的生命气息:金属不是在震动,而是在呼吸。五百匹马力的发动机产生了一股非常平静的电流，使冰冷的金属变成了丝绒般的躯体。飞行员在飞行中感受到的不是眩晕，不是昏醉，而是鲜活生命的神秘功力。

现在，他给自己打造了一片新天地。在自己的这片天地里，他用胳膊肘支撑着挪了挪身体，好让自己坐得舒服些。

他轻轻地敲了敲配电盘，逐个按下了开关，又挪了下身子，让自己靠得更舒服些。他找到了最佳姿势，全身心地感受在夜幕中浮动着的五吨金属的震颤。接着，他摸索着，把应急灯推到位置，松开手，又再抓住它，确信灯没有滑脱后，又再次松开手，去触摸每个操纵件，一定都要摸到，以训练自己能够盲视操作。等手指熟悉了这一切，他才打开一盏灯，精密的仪表盘照亮了他的座舱。就靠着这些表盘，他监视着飞机如同深渊潜水一般潜入黑夜。然后，因为没有摇晃，没有抖动，也没有震颤，所以陀螺仪、高度表和发动机转速表的数值都保持稳定。他稍稍伸了个懒腰，把脖颈靠在座椅皮垫上，开始陷入飞行中的沉思，从中品味不可名状的期望。

现在，正值午夜时分，他像个守夜人，发现黑夜可以彰显人性：这些召唤，这团火光，这份担忧。这是暗夜中的一颗普通星星：一座孤单的房子。另一颗星星熄灭了：一座拒绝爱意的房子。

或是拒绝烦恼：一座房子不再向外界发射信号。这些趴在桌上、瞅着灯光的农民，他们不知道自己在期望什么：他们不知道，他们的愿望在漫漫长夜中可以撒得那么远。但法比安知道。当他从千里之外归来，感受汹涌的海浪把会呼吸的飞机摆弄得忽上忽下的时候，当他穿越狂风骤雨，穿越战火硝烟中的国家，穿越洒满皎洁月光的林地的时候，当他怀着必胜的信念，穿越一团又一团灯火的时候,他已经知道了。这些人以为他们的灯光只能照亮简陋的桌子,殊不知远在八十公里之外,有人已经被这灯光的召唤所感动,他们宛如身处孤岛,面朝大海,绝望地摇晃着一盏灯。

2

于是，三架来自巴塔哥尼亚、智利和巴拉圭的邮政班机，分别从南部、西部和北部三个方向，一齐飞向布宜诺斯艾利斯。有人正在那儿等着机上的邮件，好让欧洲的班机在午夜时分运走。

三名飞行员，他们都蜷坐在驳船般沉重的机罩后面，在茫茫夜色中，沉思自己的航行。他们将要缓缓降落在这座大城市里，降落时可能风雨交加，也可能风和日丽，颇似一群古怪的农民下山来了。

里维埃是整条航线的负责人，他正在布宜诺斯艾利斯的停机坪上来回踱步。他缄默不语，因为在三架飞机到达前，这日子对他而言就是纠结的折磨。时间在分分秒秒地流逝，随着一封封电报传到他手里，他才感觉到从命运的手里抢到了某些东西，感到减少了未知数，感到把机组人员拖出了黑夜，拉回到了岸边。

一名工人走近里维埃，告知他一条无线电台的消息：

“智利的邮政班机报告说看到了布宜诺斯艾利斯的灯光。”

“好的。”

很快，里维埃也会听到这架飞机的声音：黑夜已经送回了一架，如同波涛汹涌、深不可测的大海，把颠簸多时的宝物送回了沙滩。用不了多久，黑夜也会把另外两架送回来。

到了那时，这一天的使命才算结束。到了那时，疲惫不堪的一批人要去睡觉，另一批精神饱满的人准备上岗。但里维埃却得不到休息：欧洲的班机让他充满焦虑。他总是这样。一直都是。这位老战士生平第一次感到倦意。班机到达绝不意味着结束战争、开创和平幸福的时代，绝不意味着获取这样的胜利。对他而言，千里之行永远都始于脚下实实在在的第一步。里维埃觉得，他一直在举着一副重担，用尽全力，举了很久：这份努力不容休息，也没有希望。"我老了……"要是再得不到滋养，他便会在行动中老去。思考一些他之前从未提及的问题，他对此颇感惊讶。然而，他从前一直不待见的种种温情，如今却化作一股忧伤的呢喃朝他袭来：这是一片曾经被他错失的海洋。"这一切都近在咫尺吗？……"他发现自己总是借口"以后会有时间的"，便把人生的种种美好都推向了衰老，好像有一天我们真的会有时间，好像我们在迟暮之年真的会拥有想象中的安静祥和的生活。但是，祥和并不存在，可能胜利也不存在。不是所有的班机都会最终到来。

里维埃走到勒鲁跟前停下，勒鲁是名年迈的工头，还在上班。他有四十年工龄了。工作占据了他的全部精力。他晚上十点或是半夜回到家里时，迎接他的并不是另一番天地，不是一种闲适。勒鲁抬起他滞重的脸庞，里维埃朝他笑了笑，勒鲁指着一根发青的钢轴说："这拧得太紧，不过我还是把它弄好了。"里维埃俯身查看钢轴。他又被这活儿吸引住了，"得跟各个车间讲一下，要把这些机件拧得松点。"他用手指摸了摸拧纹，然后又看了看勒鲁。一个奇怪的问题冒到了他的嘴边。看着对方那一脸深邃的皱纹，他不禁笑了起来：

“勒鲁，您有过轰轰烈烈的爱情吗？”

“哦，爱情！您知道的，经理先生……”

“您和我一样，一直没有那个时间。”

“确实不多……”

里维埃仔细辨着语调，想确认其中是否有酸涩的味道。没有。这个男人对他过去的生活默默地感到满足，如同刚刚刨好一块漂亮木板的细木工：“好的，就是这样。”

“好的。”里维埃思忖道，“我的生活也就是这样。”

因疲惫而引发的各种愁绪，被他统统抛开。他朝机库走去，因为智利来的飞机已经在轰鸣了。

3

远方的这台发动机，声音越发浑厚，越发成熟。灯光亮了起来。红色的航标灯勾勒出一座机库、几根无线电天线杆以及一块方形机坪。人们正在准备节日庆典。

“瞧，它在那里！”

飞机已经在导航灯的照射下盘旋飞行。机身通体闪耀，光亮如新。不过，当飞机最终停在机库门前，机械师和工人们匆匆赶来卸邮包时，飞行员佩尔兰却待在那儿没动。

“怎么了？你在等什么？还不下来吗？”

飞行员正忙着某件神秘的工作，无暇回答。可能，他还在倾听穿透自己身体的飞行声。他慢慢地点了点头，俯身向前，不知在摆弄着什么。最后，他向领导和同事转过身去，盯着他们，神情严肃，俨然在端详自己的财物，似乎在清点数目、估算大小、称量轻重。他想，他确确实实地把他们赢到手了，还有这座欢乐的机库，这些坚硬的水泥建筑，以及更远的那片天地，那座流光溢彩的城市，那些城里的女人和温情。他把这芸芸众生攥于他宽厚的掌心，如君临城中一般，因为他可以触摸他们，倾听他们，辱骂他们。起先他想骂上几句，骂他们安闲自在，骂他们苟且偷安、只顾赏月，但他还是和颜悦色地说：

“……你们该请我喝几杯！”

然后他走下飞机。

他想讲讲他的旅程：

“要是你们知道……”

可能觉得已经说得够多的了，他便走开脱他的皮夹克去了。

当汽车把他与闷闷不乐的督察员和沉默寡言的里维埃带到布宜诺斯艾利斯时，他感到无比凄凉。摆脱险境，平安着陆，然后带劲地骂上几句，这真是不错，真是无比快乐啊！但之后回想这一切，涌上心头的却是一种莫名的焦虑。

与狂风搏斗，这至少很真实，很坦诚。但事物的面貌，这副自以为独具一格的面貌，却并非如此。他想：“这跟抗争完全相同：虽然一副副面容不怎么苍白，但已经面目全非！”

他使劲在回想。

当时他正从容地穿越安第斯山脉。冬日的皑皑白雪重压在上面，万籁俱寂。隆冬的白雪使这片山脉显得空灵无声，如同废弃的城堡里流淌出的悠悠岁月。方圆二百公里的大地上，没有一个人，没有一丝生命的气息，也没有一点力量。有的只是六千米高空飞掠而过的陡峭山峰，它们耸入云霄；有的只是壁立千仞，大音希声。

这是在图彭加托火山附近……

他思索了一下。是的,正是在这里,他见证了一次奇迹的发生。

起先,他并没有看到什么,只是感觉局促不安,好似身处人群、受人注视却又倍感孤独。他已经感受到了,但为时已晚,只是不知所以地被一团怒气所包围。这团怒气究竟从何而来呢?

石壁里渗出来的?白雪里渗出来的?他凭什么这样猜测?因为没有任何东西向他袭来,也没有任何风暴孕育发生。只有一个略显不同的世界,正在原地从另一个世界里诞生出来。佩尔兰内心充满难以名状的紧张之情,看着这些纯净的山峰,看着这些悬崖峭壁,看着这些白雪皑皑的山巅。略显灰蒙蒙的它们活了起来——如苍生一般。

虽然无须搏斗,但他还是紧紧握住方向盘。某些他不理解的东西正在孕育形成。他肌肉紧绷,好似一头准备飞扑出去的野兽,但是进入他眼帘的却是一派平和的景象。是的,很平和,却充满了奇特的力量。

然后,一切都变得尖锐起来。这些山峰,这些峦川,一切都在尖耸:它们就像桅杆一样,直插凛冽的寒风。他觉得它们在围着他打转、漂流,宛若一支进入战斗状态的庞大舰队。随后,风儿刮起一股微尘。这股微尘像薄纱一般,沿着雪山不断攀升,尔后又徐徐降下。于是,为了寻找一条必要的退路,他掉转机身。他浑身发抖。而他身后的整条安第斯山脉,似乎群情昂扬了起来。

“我完蛋了。”

前方,一座山峰正将积雪喷射而出:一座白雪皑皑的火山。第二座山峰,中间偏右,也在喷射积雪。所有的山峰,一座接一座地放出热烈的光芒,仿佛被某个隐身的英雄相继点燃了。就在这时,随着第一股气流旋涡出现,飞行员周围的群山都开始晃动了。

动作虽然猛烈,却不着痕迹。在他内心深处,他已经记不起那些折腾过他的巨大气旋,他只记得在那些火焰与浓灰中,自己曾经猛烈地挣扎过。

他想了一想。

“狂风,没什么大不了的。总会躲过去的。但这是在这之前啊!这次遭遇真让人够呛!”

他以为自己可以辨认出这副千变万化的面容,可是,他早已将它忘得一干二净。

4

里维埃看着佩尔兰。二十分钟后，佩尔兰将走下汽车，将周身困顿，倍感沉闷，随即就湮没在人群之中。也许他会想：“我太累了……这算什么工作呀！”而对于他的妻子，他会这样表明心迹：“这儿总比安第斯山脉上空要好。”人们如此珍惜的这一切，就差点离他而去了。他刚刚品尝到其中的痛苦，他刚刚在现时景象的另一面度过了几个小时，不知道能否再次目睹这座灯火璀璨的城市，能否与童年可爱又可气的玩伴久别重逢，能否再次表现出他那独具男人魅力的小小缺点。“在茫茫人海中，”里维埃思忖道，“总有一些默默无闻的人，他们其实是超凡的信使，纵然他们自己也不知道。除非……”里维埃惧怕某些仰慕者。他们不懂冒险的神圣性，他们的赞叹歪曲了冒险的本义，贬低了人性的价值。但是佩尔兰却完整保持着崇高品质，只因为他比任何人都更加可以感知这个世界在某个时刻所展现出的价值，只因为他以一道沉重的蔑视便能挡回所有庸俗的赞赏。所以，里维埃向他表示祝贺：“您是怎么成功的？”他喜欢这个飞行员，因为他只谈工作，只谈飞行，好比铁匠只谈自己的铁砧一般。

佩尔兰首先解释说他的退路被截断了。他几乎以道歉的口吻在说：“因为我没有选择的余地。"之后,他什么也看不见了:大雪遮蔽了他的视线。但是强劲的气流拯救了他,把他掀上了七千米高空。"在整个航程中,我大概是贴着山巅飞行的。"他也说到了陀螺仪,它的进气口得换个方向:大雪把它堵住了。"您瞧,这会形成雾霜的。"后来,其他几股气流把佩尔兰刮落下来,一直栽到了三千米,居然什么也没撞上,他当时百思不得其解。其实他已经在平原上空飞行。"直到撞见了纯净的蓝天,我才猛然意识到。"他最后解释说,他当时感觉是从岩洞中钻出来的。

"门多萨也有风暴吗?"

"没有。我降落的时候风和日丽。但风暴还是随我而至。"

他作了一番描述,因为他说"这还是很奇怪"。山峰耸入云霄,消逝在漫天飞雪之中。而风暴的底部却像黑色的熔岩在平原上翻滚,吞噬了一座又一座城市。"此情此景,我从未见过……"接着他陷入了沉默,回想着某段往事。

里维埃向督察员转过身去。

"这是从太平洋来的风暴,通知我们的时候太晚了。然而这些风暴从来都越不过安第斯山脉的。"

没人想到这回往东部推进了。

督察员对此一无所知,只好表示赞同。

督察员面露犹豫的神色,向佩尔兰转过身去,喉结动了一下。但他没有开口说话。沉思之后,他眼睛直直地盯着前方,神情庄重而忧郁。

和他如影随形的,正是这丝忧郁,还有一件行李。他前一天到达阿根廷,是被里维埃叫来处理些杂务的。他的那双大手让他颇显笨拙,他的那个督察员的头衔也让他十分局促。他无权欣赏异想天开，也无权赞叹激情昂扬。他只能从职责出发，赞赏一丝不苟。他无权和别人喝上一杯，无权和同事称兄道弟，也无权要个幽默，除非他非常凑巧在同一个中途站遇到另一位督察员。

“做一名评判者可真难。”他想道。

老实说，他并不判断，只是摇头。因为他一无所知，所以遇到任何问题时，他只会慢条斯理地摇头。

这让人见了惴惴不安，不过倒也有助于设备的保养。他不怎么受人爱戴，因为督察员这一职位不是基于爱的愉悦，而是基于撰写报告的目的而设立的。里维埃曾经写过：“请罗比诺督察员不要写诗，要写报告。要激发员工的热忱，只有这样，罗比诺督察员才会充分发挥自己的才能。”从此之后，他在报告里不再提出新的方法和技术方案。他像关注一日三餐一样，关注着每个人的缺点与过失，譬如酗酒的机械师，熬夜的机场主管，降落不稳的飞行员。

里维埃这样评价他：“他不太聪明，因此他能恪尽职守。”里维埃制定了一套规章制度，对于他自己而言，是用于对人的了解。而对于罗比诺而言，就只剩下对制度的了解了。

“罗比诺，谁起飞误点，”有一天里维埃对他说，“你就应该扣谁的准点奖。”

“要是碰上不可抗力也扣？要是碰上雾天也扣？”

“碰上雾天也扣。”

罗比诺能遇上这么一位雷厉风行、秉公办事的上司，一股自豪感油然而生。而罗比诺本人也从如此咄咄逼人的权力中攫取了几许威严。

“你们到六点十五分才下令起飞，” 之后他对机场主管们一直念叨，“我们不能给你们发奖金。”

“可是罗比诺先生，五点三十分的时候，能见度不到十米！”

“这是规定。”

“可是罗比诺先生，我们又除不了雾！”

罗比诺没有说话，显得高深莫测。他是部门领导之一。在这群瞎忙的人中间，只有他懂得通过人事处罚来提高起飞准点率。

“他什么都不想，”里维埃提到他时说，“这样他也不会胡思乱想。”

如果一名飞行员弄坏了飞机，那他就拿不到设备保养奖。

“但飞机要是在森林上空发生故障呢？”罗比诺想打听一下。

“在森林上空也不行。”

罗比诺记住了这句话。

“我很抱歉，”他后来对飞行员们说，神情激奋，“我甚至感到万分抱歉，不过这故障就不应该在那儿发生。”

“但是，罗比诺先生，我们没有选择！”

“这是规定。”

“规定，”里维埃心想，“它与宗教仪式相似，看上去荒谬不堪，却能陶冶人性。”对于里维埃而言，公不公正都无所谓。这些字眼可能对他来说都没有什么意义。生活在小城镇的小市民们，他们一到晚上便在露天音乐厅附近打转。里维埃想：“对他们公不公正，这毫无意义：他们是不存在的。”对他来说，人就是一团生蜡，需要揉搓才能成形。需要给这块材料培育心灵，培养意志。

他这般严格,不是要征服奴役他们,而是要让他们超然升华。他这样惩罚每次误点,虽然有欠公正,但确实让每个中途站都养成专注起飞的意志,他正在创造这种意志。他不准他们因为天气恶劣而欢呼雀跃,就像得到了临时放假通知一般。他让他们常备不懈,甚至连最不起眼的工人也在等待中怨声载道。于是,天空一有云隙,就绝不放过:"北边有豁口,起飞吧!"多亏了里维埃,在一万五千公里的航程上,对邮政班机的热爱高于一切。

里维埃有时会说:

"这些人很幸福,因为他们热爱自己的工作,他们之所以热爱,是因为我要求严格。"

他可能让人痛苦,但也给人们带来巨大的欢乐。

"应该激励他们,"他想,"过一种紧张充实的生活,既有痛苦,又有快乐,只有这种生活才最有意义。"

汽车开进了城区,里维埃让司机把他载到公司办公楼。罗比诺独自一人和佩尔兰待在一起。他看着佩尔兰,正想开口说话。

5

可是，罗比诺今天晚上却身心疲惫。他刚刚发现，面对凯旋的佩尔兰，自己的生活却是如此黯淡无光。而且，他刚刚发现，他，罗比诺，虽然拥有督察员的头衔和权力，却比不上眼前这个疲惫不堪，蜷缩在汽车里，闭目养神，双手沾满油污的人。罗比诺生平第一次产生了对别人的欣赏。他想把这话说出来，尤其想赢得一份友谊。对于白天的航行和行程的挫折，他已经心生厌倦，甚至觉得有点可笑。傍晚，在盘点汽油库存的时候，他把账算得一塌糊涂。最后还是那位他老想找茬儿的职员动了恻隐之心，帮他把账算完了。更糟糕的是，他对 B6 型油泵的安装工作提出了批评，却把它和 B4 型油泵弄混了。那些蔫儿坏的机械师就让他大发雷霆了二十分钟——“这是不可原谅的无知”——实际上是他自己无知。

他也害怕自己住的旅馆房间。从图卢兹到布宜诺斯艾利斯，他一下班就总是回到这样的房间。关上房门，满怀心事地从公文包中拿出一沓纸，慢吞吞地写着“报告”。随手写上几行，又全都撕掉。他很想拯救深陷危机泥沼的公司。可公司没有遇上任何危机。时至今日，他只拯救出一只生锈的螺旋桨毂。他当着机场主管的面，用手指在这块锈斑上摸来摸去，神色凝重，动作缓慢。可主管却回答道:“您去问问前一个机场,这架飞机刚刚从那儿飞来。”罗比诺不禁对自己的作用产生了怀疑。

为了接近佩尔兰,他试探性地问了一句:

“您想和我一起吃晚饭吗?我想稍微谈一谈。我的工作有时候蛮辛苦的……”

他不想架子放得太快,赶忙改口说:

“我的责任太重大了!”

罗比诺的下属都不太喜欢和他有私交。每个人都想:

“要是他找不到素材写报告,又想急于求成,那他准会把我逮着吃了。”

但是,今晚的罗比诺只想到自己的不幸:他的身上长满了烦人的湿疹,这是他真正的难言之隐。他很想倾诉一下,很想博取别人的同情。他在高傲中找不到任何安慰,便只好在谦虚中去找。在法国,他有一名情妇。在他回国后的夜晚,他便向她讲述自己的督察工作,好让她对他产生一丝崇敬和几缕爱意。殊不知这反而让她很反感。现在他很想谈谈他的情妇。

“那么,您和我一起吃晚饭吗?”

脾气温和的佩尔兰答应了。

6

秘书们正在布宜诺斯艾利斯的办公室里打着盹儿，这时，里维埃走了进来。他披着大衣，戴着帽子，总是像一名永不停歇的游客，却几乎无人注意。因为他的矮小身材搅动不了多少空气，因为他的灰白头发和大众着装与每个场合都很搭调。不过却有一种振奋人心的气场。秘书们振作起了精神，办公室主任正埋头查阅最近的文件，打字机也在噼噼啪啪敲个不停。

电话接线员把插头插进交换机，把电报登记在一本厚册子上。

里维埃坐了下来，看起了文件。

在看过智利的灾难报告之后，他重读了一天的安全记录。在这一天里，一切都安排妥当。在这一天里，飞过的一座座中途站发来信息，都是简明扼要的捷报。巴塔哥尼亚的邮政班机也在快速航行，有望提前到达。因为大风由南往北掀起了巨大的气浪，有利于航行。

“把气象报告递给我。”

每座机场都在夸耀自己那里的天气，天空晴朗，万里无云，微风和煦。夕阳已经为美洲大地披上了金色的光芒。里维埃因各项事务的蓬勃态势而倍感欣喜。眼下这架邮政班机正在某处上空，与神秘莫测的黑夜搏斗，但获胜的机会极大。

里维埃推开本子。

“不错。”

他走到外面，朝各个科室扫了一眼。他这个黑夜守望者，守望的是半个世界。

他走到一扇打开的窗户跟前，停了下来，他懂得夜的黑。这黑夜笼罩着布宜诺斯艾利斯，也笼罩着美洲大陆，宛若一座宏伟的殿堂。他对这种宏大并不感到惊讶，智利圣地亚哥的天空是一片异国的天空，但当邮政班机驶向圣地亚哥，航线上的每个人，其实都生活在同一个高远的苍穹下。现在，当大家戴着无线电耳机监听另一架班机的讯息时，巴塔哥尼亚的渔民则正在看着它闪闪发光的航行灯。对航行中的飞机的担忧之情，会在里维埃的心头弥漫，也会随着隆隆的马达声，在各个国家和地区弥漫开来。

今晚云淡风轻，他感到很开心。他还记得那些狂风暴雨的夜晚，飞机像是陷在了空中，极其危险，很难施援。人们从布宜诺斯艾利斯的无线电站里，不断听到飞机的呻吟声，其中还夹杂着雷鸣声。在这低沉的轰鸣声中，悦耳的电波声越来越弱。邮政班机在黑夜的荆棘中横冲直撞，发出喃喃的哀歌，这是何等的悲伤！

里维埃觉得，在守候班机的夜晚，督察员应该待在办公室里。

“替我把罗比诺找来。”

罗比诺就要和飞行员交上朋友了。在旅馆里，他当着飞行员的面打开了行李箱。箱子里展现出这些微不足道的东西，几件俗气的衬衣，一只梳妆盒，还有一张苗条女人的照片，让人觉得督察员和其他人并无二致。督察员把这张照片钉在了墙上。就这样，他谦卑地向佩尔兰倾诉衷肠，倾诉他的欲望、他的温情、他的遗憾。他语无伦次地吐露衷曲，也就向飞行员展现了自己的困苦。这是精神上的湿疹，让人看到了他的桎梏。

不过，还残存着一线光明，对罗比诺如此，对每个人也是一样。当他从箱底抽出一只小心翼翼盖好的小包时，他感到无比欣慰。他拿着小包，摩挲了很长时间，却不发一言。最后终于松开双手：

“这是我从撒哈拉沙漠带回来的……”

督察员敢于这样吐露真情，他的脸庞不禁变得绯红起来。他从这些黑色小石子中得到了安慰，它们开启了通往神秘世界的大门，让他不去计较人生的挫折、婚姻的不幸和灰暗的真相。

他的脸更红了：

“在巴西也能找到同样的石子……”

这个督察员对亚特兰蒂斯心驰神往，佩尔兰轻轻地拍了拍他的肩膀。

佩尔兰小心翼翼地问道：

“您喜欢地质学？”

“这是我的爱好。”

生活中对他有过柔情蜜意的，只有石头。

罗比诺接电话的时候，面露愁容，但很快就变得严肃起来。

“我要离开您了，里维埃先生有一些重大的决定需要和我商谈。”

罗比诺走进办公室时，里维埃已经把他忘了。他盯着墙上的地图陷入沉思。地图上用红线标出了公司的航空网。督察员正等他下命令。过了好几分钟，里维埃头也不回，径直向他问道：

“罗比诺，您觉得这地图怎么样？”

有时，当他结束沉思时，会提些难以捉摸的问题。

“这张地图，经理先生……”

说实在的，督察员对此并无任何想法，只是神情严肃地盯着地图，粗略扫视着欧洲和美洲。而里维埃呢，他把督察员撂在一边，继续着他的沉思冥想：“这张航空图容貌很美丽，也很残酷。它夺去了许多人的生命，许多年轻人的生命。恢宏壮观的工程，它被挂在这里受人敬仰，但它又给我们出了多少难题啊！”可是，在里维埃眼里，目的压倒一切。

罗比诺站在他身旁，眼睛老是直直地盯着前方，盯着地图。然后，他缓缓地直了直身子。从里维埃那里，他不渴望得到任何怜悯。

有一次，他鼓足勇气向里维埃承认，他的生活被自己可笑的毛病搅得一塌糊涂。里维埃则向他打趣道：“虽然它让您睡不着觉，但它也会激发您的活力啊。”

这句话，半是真话，半是笑话。里维埃有句名言：“如果失眠让音乐家创作出美妙的音乐，那这失眠也是美妙的。”有一天，他指着勒鲁：“您瞧瞧，这多美啊，这副让爱情也望而却步的丑陋面容……”勒鲁身上的崇高品质，可能都要归功于这一缺憾，没人会对他动心，工作便成了他生活的全部主题。

“您和佩尔兰很有交情吧？”

“嗯……”

“我并不是在怪您。”

里维埃转过身，拉上罗比诺，低着头小步走着。里维埃的嘴角泛起一丝苦笑，罗比诺却不解其意。

“不过……不过您是上司。”

“是的。”罗比诺说。

里维埃心想，每天晚上，夜空中都有事情发生，宛如戏剧一般，波澜起伏。意志薄弱便会导致失败，从此刻到天亮，也许还有一番搏斗。

“您应该忠于职守。”

里维埃说话字斟句酌：

“明天晚上，您可能命令这名飞行员去执行危险的飞行任务，他准得服从。”

“是的……”

“这些比您更有价值的人，他们的生命几乎全由您掌控。”

他似乎犹豫了一下。

“这个事情，可不是儿戏。”

里维埃还在踱着碎步，沉默了几秒钟。

“如果他们是出于友谊才服从您，您就是在欺骗他们。您个人无权要求别人作出任何牺牲。”

“这是当然……”

“还有，他们如果以为和您有了交情，就可以不做某些苦差事，那您也是在欺骗他们：他们必须服从命令。您坐下吧。”

里维埃用手轻轻地把罗比诺推向他的办公桌。

“我请您做好本职工作,罗比诺。即使您不愿意做,那也不能指望这些人来扶助您。您是主管。您的脆弱是很可笑的。请您写下来。”

“我……”

“请这样写:‘督察员罗比诺鉴于某种原因,给予飞行员佩尔兰某种处分。’您随便找个原因。”

“经理先生!”

“您要理解,罗比诺。您要爱护您的手下,但要放在心里默默地爱护。”

罗比诺又振作精神,指挥人家擦洗螺旋桨毂去了。

应急机场的无线电广播通知:“看到飞机。飞机信号:降低速度,准备着陆。”

可能还要再耽搁半小时。当特快列车停在半道上时,时间在一分一秒地流逝,窗外的原野却不再飞速后退,人们的心里会是何等的烦躁,里维埃能理解这样的心情。此时此刻,时钟的指针绘出了一个停滞的空间:在这钟摆画出的弧线之间,本该可以包容多少事情啊。里维埃走了出来,想缓解一下焦急等待的心情。他觉得夜晚是如此空旷,好似空无一人的舞台。“一个如此茫然的夜晚!”他愤懑地看着窗外,看着云淡风轻的夜空,点点繁星宛若神奇的航标;看着明月当空,只是可惜处在如此茫然的夜晚。

但是,等飞机一起飞,这个夜晚在里维埃眼里又变得美丽动人起来。夜晚承载着生命。里维埃对此很关心:

“你们遇到什么天气了?”他让人询问机组人员。

十秒过后:

“天气很好。”

然后，又传来飞机飞过的几个城市的名字，而在里维埃眼里，它们便是在这场战斗中攻克下来的城市。

7

一个小时后，巴塔哥尼亚班机上的航空报务员，突然感觉肩膀被什么轻轻抬起。他环顾四周：密布的乌云遮住了星光。他俯视地面，寻觅村庄的点点灯光，像是在寻找隐藏在草丛中的萤火虫。可是在这片漆黑的草丛中，没有任何东西闪现。

他显得郁郁寡欢，预感这是一个艰难的夜晚：前进，后退，征服的领土又要放弃。他不明白飞行员的战术。他觉得他们会在远方闯入深邃的黑夜，如同撞上一堵高墙。

现在，他隐约看见前方的地平线上升起一道微光：如同打铁时飞溅的火星。报务员拍了拍法比安的肩膀，但法比安却纹丝不动。

远方，暴风雨刚刚孕育形成的旋涡正向飞机袭来。金属机身被缓缓托了起来，贴到了报务员的身上，接着似乎又消逝了，融化了。有那么几秒钟，他竟独自在夜空中翱翔。这时，他双手紧紧握住钢质翼梁。

他只能看到座舱里的红灯，除此之外，他什么都看不见。他浑身颤抖，感觉自己坠入了黑夜的深渊，孤立无援，只有一盏小矿灯庇护着自己。他不敢问飞行员有何打算，怕打搅他。只是双手紧紧握住钢梁，身体前倾，凑到他身后，看着他暗夜中的颈背。

昏暗的灯光下，只有脑袋和肩膀浮现出来，一动不动。他的身体只是一团黑影，略微往左斜靠着，脸庞对着暴风雨。可能每道闪电都掠过了这脸庞。但是，报务员从这张脸上看不到任何表情，看不到那些迎击暴风雨的丰富表情：那丝轻蔑，那股刚毅，那团怒火，所有的情感在本质上都是交融的，而在这张苍白的面孔和那些短暂的闪电之间的交融，他还无法窥透。

不过，他揣测到了这团静止的黑影中积聚的力量，他爱这股力量。可能，这力量正带着他迎击暴风雨，而且也在给予他庇护。可能，这双紧握方向盘的手，已经揪住了暴风雨，如同揪住野兽的脖子，而强健的肩膀却岿然不动，让人觉得其中蕴含的力量深不可测。

报务员认为，不管怎样，飞行员就是负责人。此刻，他骑着骏马，骑坐在骑士身后，风驰电掣般朝着火光奔去，对于身前的这团黑影，他体会着它的质感和力量，体会着它的坚持与耐力。

左边，又有一团火光亮了起来，微弱得如同稍纵即逝的塔灯。

报务员动手拍了拍法比安的肩膀，告诉他有火光。不过却看到法比安慢慢地回过头来，直视着这个新的敌人，直视了好几秒钟。然后又缓缓地恢复到原来的姿势。那副肩膀总是岿然不动，那个后颈还是靠在皮椅背上。

8

里维埃出来走了走,想消除再次萦绕心间的苦恼。他的生活就是为了行动,为了戏剧性的行动。他奇怪地感觉到戏剧在移位,变成了个人的戏剧。他想,在露天音乐厅周围,小城镇的小市民们过着一种看似宁静的生活,但这种生活有时还挺沉重,也颇具戏剧色彩:疾病,爱情,死亡。他想,可能还有……他自身的痛苦教会了他许多:“它打开了好几扇窗户。”他心想。

之后,快到晚上十一点了,他的呼吸通畅了些,他便朝办公室走去。电影院门口聚集了密密麻麻的人群，他靠肩膀慢慢挤了过去。走在狭窄的街道上,他抬头仰望星空,星光寥寥,几乎被明亮的霓虹灯完全遮蔽。他想:“今晚,我有两架飞机在飞行,所以我要负责整片天空。这颗星星是个信号,它在茫茫人海中寻觅我的踪影,也发现了我的踪影。所以,我感到有点陌生,有点孤单。”

他的耳畔响起了一首奏鸣曲中的几个乐句，他昨天刚和几个朋友一起听过。他那几个朋友没有听明白:“这种艺术,我们觉得无聊,您也觉得无聊,只不过您不承认罢了。”

“也许吧……”他回答道。

那时，他就像今天晚上这般孤独，但他很快便发现了这种孤独的丰富内涵。这段音乐的讯息，饱含温馨的秘密，他领悟到了，在芸芸众生之中，也只有他领悟到了。这就是星星发出的讯息，在人头攒动之中，用一种语言向他娓娓道来，这种语言只有他能听懂。

在人行道上，他被人推来挤去。他依然在想："我不会生气的。我就像一位父亲，孩子生病了，自己走在人海中，步履蹒跚，心中却惦念着自己那寂静无声的家。"

他抬起头，朝人群看去。有些人的步履透露出奇思妙想，有些人的步履透露出浓情蜜意，他想从中认出他们。他还想到了灯塔看守人的孤独。

他喜欢办公室的肃静。他慢悠悠地走过这些办公室，穿过了一间又一间，空气中只有他的脚步声在回荡。打字机在罩子下沉睡。整齐的卷宗放在大柜子里，柜门紧闭。这可是十年的工作经验和成果啊。他想，他这是在参观银行的地下室，这里堆满了沉甸甸的财富。他想，每个文件夹所积累的财富都胜过金子，这是生机勃勃的力量。这股力量生机勃勃，却长眠不醒，一如银行里的金子。

在某个地方，他可能会碰见唯一在值夜班的秘书。他独自一人在那儿工作，为了生活能够继续，为了意愿能够传递——就这样，从一个中途站到另一个中途站——为了连接图卢兹和布宜诺斯艾利斯的航线永不中断。

"那个人不知道自己的伟大。"

邮政班机在某个地方搏斗。夜航的过程有如生病的过程——一定要有人守夜。一定要帮助这些人。他们手脚并用，相互紧挨着，一起迎击黑暗。他们几乎什么都不懂，只了解变幻无形的东西，而他们得借助胳膊盲目摆动的力量，从中抽身出来，如同从大海中抽身出来。有时，坦白是相当可怕的："即便是自己的双手，也需要灯光照射才能看得见……"暗室的红灯下显示出双手的丝般柔滑。这就是这个世界留下的、需要拯救的东西。

里维埃推开了运营部办公室的门。里面只有一盏灯亮着，在旮旯里营造出一小片光明。唯一一台打字机发出噼噼啪啪的敲击声，没有干扰这份宁静，反而赋予其某种意义。电话铃声不时响起。这时，值班秘书站起身来，向电话走去，这电话铃声固执地响个不停，哀怨而凄凉。秘书摘下听筒，无形的焦躁缓和了下来：在幽暗的角落里却进行着一场温馨的交谈。接着，他沉着地回到办公桌前，脸上写满了孤独和困倦，隐藏着无法参透的秘密。当两架航班正在执行飞行任务时，一通来自外界、来自夜晚的电话，会捎来怎样的危险信息呢？里维埃想到夜灯下让无数家人潸然泪下的电报，想到父亲脸上浮现的悲情，在那几秒钟里几乎永久存在，却依然是个无法解读的谜团。起初，电波绵软无力，因为离呼叫的地点如此遥远，如此安静。每次，他在这低调深沉的铃声中都听到了自己微弱的回声。每次，这个人在内心充满孤独时，动作便迟缓得像水中漫游，当他从幽暗走回灯光处，又颇具破水而出的气势。无论是哪种动作，在里维埃看来，都充满了无穷的奥秘。

"您待着，我去接。"

里维埃摘下听筒，耳边传来世界的喧嚣。

"我是里维埃。"

先是一阵杂音，然后有人说话：

"我给您接报务员。"

又是一阵杂音,是电话机插拔插头的声音,接着又有个人说话:

“我是报务员。我们向你们传几份电报。”

里维埃一边记录一边点头:

“好……好……”

没有要紧的事。就是一些例行的公文电函。里约热内卢想打听一些消息,蒙得维的亚想说说天气,门多萨要谈谈物资。都是彼此熟悉的琐碎小事。

“那邮政班机呢?”

“遇到了暴风雨天气。我们没收到飞机的讯号。”

“好吧。”

里维埃心想,这里夜色宁静,星光璀璨,而无线电报务员竟能从中嗅到远方暴风雨的气息。

“等会儿再联系。”

里维埃站了起来,秘书走到他跟前:

“值班记录,请签字,先生……”

“好的……”

里维埃觉得自己对这个人颇有好感,因为他也承载着黑夜的凝重。“作为一名战友,”里维埃心想,“他可能永远也不会知道,这次夜班将我们团结得是何等紧密。”

9

当里维埃手捧一沓文件，回到他自己办公室的时候，他感到右胸泛起一阵剧痛。几周以来，这疼痛一直在折磨着他。

“不行了……”

他在墙上靠了一秒钟：

“真可笑。”

然后，他扶着椅子。

他再一次感到自己是只被捆住手脚的老狮子，不禁悲从中来。

“做了这么多工作，竟是如此下场！我五十岁了。五十年来，我充实地生活，陶冶着自己，我也奋斗过，改变过某些事态。可现在，剥夺我的时间、占据我的内心的东西，竟比世界还重要……这太可笑了。”

他停了一会儿，擦了擦汗。剧痛一消失，他便工作起来。

他慢慢地查看文件。

“我们在布宜诺斯艾利斯拆卸301型发动机时，发现……我们拟对负责人给予严厉处分。”

他签了字。

“为了整肃纪律，我们拟调动机场主管理查德的工作。他……”

他签了字。

接着，他对胸口的疼痛感到麻木了，但依然能感到它在自己体内的存在，是崭新的存在，如同生活的崭新意义，逼着他思考自我，这让他心中不禁泛起一阵辛酸。

“我到底公不公正？我不知道。如果我作出过处罚，那故障就会减少。该负责的，不是人，而是一股隐秘的力量。如果不触及每个人，那么永远也无法触及这股力量。如果我太讲公正的话，那么每次夜航都可能导致死亡。”

开辟这条道路是如此艰辛，让他感到有点疲惫不堪了。他想，怜悯也是件好事。他还在翻阅着文件，内心却遐想连连。

“……至于罗布莱，从今天开始，他不再是我们公司的人了。”

他又看见了那位老好人，想到了那晚的谈话：

“这就是个典型，您瞧，就是树个典型。”

“但是先生……但是先生……一次，就这一次，请您再考虑考虑吧！我可工作了一辈子啊！”

“必须树个典型。”

“可是先生……您瞧啊，先生！”

这时，罗布莱掏出一只旧皮夹和一张泛黄的旧报纸，报纸上印有一张罗布莱年轻时站在一架飞机旁的留影。

里维埃看到一双苍老的手在这份充满天真意味的荣誉上不停颤抖。

“这是一九一〇年照的，先生……阿根廷的第一架飞机，就是我在这儿装配的！从一九一〇年起我就参加航空工作了……先生，有整整二十年了！

您怎么可以说……还有那些年轻人,先生,他们会在车间里笑话我的!……啊!他们肯定会笑个不停!”

“这个,这个我管不着。”

“还有我的孩子,先生,我是有孩子的呀!”

“我已经和您说过了:我给您留了份普通操作工的工作。”

“我有尊严,先生,我有尊严!您瞧,先生,我在航空领域干了二十年,像我这样的老工人……”

“当普通操作工。”

“我不干,先生,我不干!”

这双饱受岁月侵蚀的手不停地发抖。里维埃把目光移向其他地方,不去看他那布满皱纹、宽大厚实而又蕴含沧桑之美的双手。

“当普通操作工。”

“不,先生,不……我还想和您说……”

“您可以走了。”

里维埃寻思道:“我这样粗暴撵走的并不是他,而是错误。也许,这错误不该由他来负责,但却是经过他才发生的。

“因为事情都是由人来操控的,”里维埃想道,“它们要服从人的意志,而人则负责创造。人类其实也是可怜虫,他们也是被创造出来的。如果他们操作有误的话,那就需要被隔离开来。

“‘我还想和您说……’这位可怜的老人,他还想说什么?说别人剥夺了他多年以来的乐趣?说他喜欢听工具在飞机钢架上的敲打声?说别人浇灭了他生活中的盎然诗意?然后说……他将如何生活?

“我太累了。”里维埃心想。他发烧了，有些热度。他轻轻地拍了拍那张纸，想道：“我很喜欢这个老同事的面容……”里维埃又看见了那双手。他想到了那双手合拢时的细微动作。只消说一句：“好了，好了，留下吧。”里维埃幻想着有股暖流沁入他那饱经沧桑的双手。这股暖流，不是写在脸上，而是要刻在手上，他觉得这才是世界上最为美妙的东西。“我要不要撕掉这份文件？”他仿佛看到老人晚上回到家里，面对家人所展现出的又朴实又骄傲的神情。

“那么，他们把你留下啦？”

“那当然！那当然！阿根廷的第一架飞机就是我装配的呀！”

而年轻人也不再笑话他了，往日的声望又再次确立……

“我撕不撕呢？”

电话响了，里维埃拿起话筒。

过了好长一段时间，才听到回响，一种狂风、空间与人声共同营造的深邃的回响。终于有人说话了：

“这里是机场。您是谁？”

“里维埃。”

“经理先生，650号已经进入跑道。”

“好的。”

“现在一切准备就绪。但在最后一刻，我们不得不把电路检修一下。接头有毛病。”

“好的。那电路是谁安装的？”

“我们会去检查确认的。如果您允许的话，我们将采取惩罚措施：一盏航行灯出了故障,后果会很严重的!”

“当然。”

里维埃思忖道:“如果不根除缺陷,那么无论在哪儿,只要遇上缺陷,航行灯都会出故障。即使他碰巧找对了方法,但不根除缺陷就是犯罪。罗布莱必须得走。”

秘书什么也没看见,一直在打字。

“这是?”

“半月报表。”

“怎么还没有弄好呢?”

“我……”

“这个我们以后再说吧。”

“真奇怪,事故竟然占了上风,一股无形的力量竟然崛起了。在原始森林里兴风作浪,在伟大的事业周围不断成长、不断壮大、不断涌现的正是这样的力量。”里维埃想到了那些被细小藤条扯至倒塌的庙宇。

“一项伟大的事业……”

为了宽慰自己,他又想道:“所有这些人,我都爱着。而我斗争的目标不是他们,是他们身上所表现出的……”

他的心怦怦直跳,这让他颇感不适。

“我不知道我的所作所为是否正确。我不知道人生的真正价值,也不知道公正的真正价值,更不知道忧伤的真正价值。我确实不知道人的快乐到底价值几何。我不理解一只颤抖的手,也不懂得怜悯与温柔……”

他陷入了沉思:

“生活充满了如此多的矛盾，人生就得尽力而为……要绵延不断，要破旧立新，要用易逝的生命去换取……”

“给欧洲班机的飞行员打电话。叫他起飞前来见我。”

里维埃想了一下，然后按响了电铃。

他心想：“不能让这架班机无缘无故地中途返航。要是我不去激励他们，那黑夜就会让他们一直心绪不宁。”

10

飞行员的妻子被电话铃吵醒了。她朝丈夫看了一眼，心想：

“让他再睡一会儿吧。”

她很迷恋这袒露的胸膛，它很有线条感。这让她想到壮观的航船。

他躺在这张安静的床上，如同停泊在港湾的船只。为了让他睡得香甜，她用手抹平了床上的褶皱、窝团和隆起，她让这床变得平静安详，如同上帝之手，让大海变得风平浪静。

她站了起来，打开窗户，风儿立即拂过她的脸颊。从这个房间可以俯视整个布宜诺斯艾利斯。隔壁邻居家里，有人正在跳舞，几段旋律正随着风儿悠扬四溢。这是欢乐的休息时刻。这座城市把它的市民囚禁在这些密密麻麻的碉堡内，每座碉堡既宁静又安全。但在这个女人看来，如果有人此时喊出“拿起武器！”，那么挺身而出的只有一个人——她的丈夫。他还在睡着，这是即将投入战斗的预备役军人的睡眠，令人生畏。这座沉睡中的城市保护不了他：当他这位年轻的神灵腾空而起、一骑绝尘时，那在他的眼里，这座城市的灯光也充满了虚无。她注视着他坚实的臂膀，一小时后，这副臂膀将要主宰欧洲班机的命运，负责某项伟大的事业，如同负责整座城市的命运一般。因此，她变得心神不宁。在几百万人之中，独有他一人被选中并培养，去准备作出这种奇异的牺牲。她不禁悲从中来。他也将失去她的温存。她伺候他，照顾他，爱抚他，不是为了她自己，而是为了这个即将夺走他的夜晚。为了那些她毫不知情的奋斗、焦虑和胜利。这双柔软的手是温顺的，而它们真正从事的工作却是说不清楚的。她了解这个人的笑容和情人般的体贴，但对于他在狂风暴雨中的惊天怒火，她却一无所知。她给他套上各种温情的镣铐：音乐、爱情、鲜花。然而，每逢出发时刻，这些温情的镣铐都会统统掉落，而他却显得若无其事。

他睁开双眼。

"现在几点了？"

"半夜十二点。"

"天气怎么样？"

"我不知道……"

他起床了，一边伸着懒腰，一边朝窗户慢慢走去。

"我不会冻着的。风向怎么样啊？"

"你怎么觉得我会知道呢……"

他探出身子：

"南风，太好了。这至少可以刮到巴西。"

他望着月亮，觉得自己很幸运。然后，他低下脸庞，俯看城市。

他觉得这座城市既不温柔，也不明亮，更不温暖。在他的眼里，城里的灯光已经悄然而逝，像流沙一般虚无缥缈。

"你在想什么？"

他在想阿雷格里港那边可能有雾。

“我自有办法。我知道从哪儿绕过去。”

他一直探着身子。他深深地吸了一口气,似乎准备赤身裸体地往海里纵身一跃。

“你都不难过……你要去多久啊?”

八天,抑或十天。他也不知道。伤心?不,为什么伤心?那些平原,那些城市,那些高山……他觉得自己可以随意去征服它们。他也在想,一点钟之前,他就会占领布宜诺斯艾利斯,然后再把它甩在身后。

他笑了起来:

“这座城市……我很快就会把它甩得远远的。夜间起飞很美。把油门杆一拉,面朝南方。十秒钟之后,景色就颠倒过来了,面朝北方。城市就变成一片海底了。”

她想到的则是为了征服而必须抛弃的一切。

“你不喜欢自己的家吗?”

“我喜欢自己的家……”

但他的妻子感觉,他已经踏上了征程。他那宽厚的肩膀已经抵到了天空。

她给他指了指天空。

“你遇上了好天气。你的征程布满星光。”

他笑了起来:

“是啊。”

她把手搁在他的肩膀上,感受着上面散发出的温暖,她内心百感交集:

这具血肉之躯，真的会遇到危险吗？……

“你很强，但还是要小心些！”

“当然会小心的……”

他又笑了。

他穿上衣服。为了纪念这个日子，他选了面料最粗糙、皮革最厚重的衣服穿上。他把自己穿成了农民。他穿得越笨拙，她就越仰慕他。她亲自给他扣上皮带，穿好靴子。

“这双靴子穿得不舒服。”

“那就换一双吧。”

“帮我找根绳系应急灯。”

她凝望着他。她替他打理好装束上的最后一道细节。非常整洁妥帖。

“你很帅气。”

她发现他在细致地梳着头。

“是为了星星吗？”

“是为了不让自己有衰老的感觉。”

“我嫉妒了……”

他还在笑。他把她揽入怀中，让她紧紧地靠在自己厚重的衣服上。然后，他那副有力的臂膀把她抱了起来，如同在抱一个小姑娘。然后把她放到了床上，他的脸上始终挂满了笑意：

“睡吧！”

他把门带上，转身离开；他走在街上，走在朦胧夜色里的陌生人之中，走出了他征程的第一步。

她还在那里,面带忧伤,凝视着这些花,这些书,还有这份甜蜜。对他而言,所有这些不过是一片深邃的海底罢了。

11

里维埃接待了他：

“您在最近的那次航行中，和我开了个玩笑。当时天气很好，您却飞了回来。您明明可以飞过去的。您当时是不是害怕了？”

飞行员惊悸不安，但却不发一言。他两只手搓来搓去，非常缓慢。接着，他抬起头来，盯着面前的里维埃：

“是的。”

在内心深处，里维埃无比同情这个小伙子。他那么勇敢，居然也会害怕。飞行员为自己辩解：

“我当时什么都看不见。当然，更远的地方……可能……无线电电台报告……但是我的座舱照明灯变暗了，我都看不清我的双手。我曾想打开航行灯，至少可以看得清机翼：但我还是什么都看不清。我感觉自己坠入了万丈深渊，爬不上来。当时，我的发动机又开始抖动了。”

“不会。”

“不会？”

“不会。我们后来检查过。发动机没有一点毛病。不过，当人们害怕的时候，总觉得发动机在抖动。”

“谁会不害怕呢！群山居高临下地向我扑来。当我想爬升的时候，又遇到了强劲的气流。您知道，如果什么都看不见……气流……我非但没有爬升得了，反而往下掉了一百米。我甚至连陀螺仪，连气压表都看不清了。我感觉发动机在失速，在发烫，油压也在下降……这一切都发生在黑暗之中，像生病一样。后来看到了光明的城市，我真是高兴坏了。”

“您的想象力太丰富了。去吧。”

于是飞行员出来了。

里维埃坐在椅子上，身体陷了进去。他用手摸了摸他灰白的头发。

“他是我这里最勇敢的飞行员。那天晚上，他做得很成功，很了不起，而我让他摆脱了恐惧心理……”

然后，他的心又软了下来：

“要讨人喜欢，只要懂得同情就行。我不太同情别人，抑或我会隐藏这种情感。不过，我很喜欢自己沉浸在人性的友爱与温情之中。譬如医生，他在工作中就会遇到这些情感。但我的工作是管理事情，我必须训练人员，让他们为事情服务。每当我晚上待在办公室看着航线图时，我对这条无形的规则就感触颇多。要是我自己放荡不羁，对事情放任自流，那么稀奇古怪的事故就会发生。仿佛只要我意志坚定，就能避免飞机发生坠毁事故，就能阻止风暴耽误飞机的飞行。有时，我对自己的力量都感到无比惊奇。”

他还在思索：

“这可能很容易明白。园丁在草坪上的无休止的奋斗便是如此。他朴实无华的双手,让原初的树林重新茁壮成长在大地上,而这片大地一直在期待着绿意的回归。"

他想到了那位飞行员:

"我把他从恐惧中拯救了出来。我抨击的不是他,而是他身上所散发出的阻力,那是一种使人在未知物面前瘫软无力的阻力。如果我听他的话,如果我可怜他,如果我把他的历险当真,那么他就会自以为真是从一个神秘国度归来。而人们恐惧的,只是这份神秘。必须破除神秘。必须有几个人下到暗黑的深渊,然后再爬回地面,亲口说他们什么都没碰到。必须有人坠落到黑夜最隐秘的中心,落到一团漆黑之中,甚至连一盏小矿灯都没有。虽然这样的小矿灯只能照见双手或机翼,但可以把未知物推到咫尺之外。"

不过,对于里维埃和他的飞行员来说,在这场搏斗中,一种默契在他们内心深处自然升腾而起。他们同舟共济,胸怀凌云壮志。但是里维埃还是想起了他征服黑夜的另外几场战斗。

在官方圈子里,有人害怕这个黑暗的领域,好似害怕一片无人踏足的荆棘之地。派个机组,以每小时两百公里的速度冲向黑夜藏而未露的狂风、浓雾和种种物质障碍,如果这是军事飞行,他们觉得还情有可原:趁着朗朗星空起飞,轰炸,返航。但如果经常执行这样的晚间任务,在他们看来,那是行不通的。"对我们来说,"里维埃反驳道,"这是个生死攸关的问题。因为我们在白天对火车和轮船取得的优势,一到晚上便丧失殆尽了。"

里维埃曾经不胜其烦地听别人谈资产表,谈保险,特别是谈舆论;"舆论……"他反击道,"是受人操控的呀!"他想:"真是浪费时间!有些东西……

有些东西胜过所有这些。但凡生机勃勃的东西,会为了生存推翻一切,会为了生存制定自己的规则。这是不可抗拒的。"至于商业运营的夜航,里维埃不知道它何时开始,也不知道它如何开始。但这事势在必行,应该有所准备。

他想起了罩着绿色呢布的会议桌。他曾经坐在这些桌子跟前,拳头支着下巴,自感充满了非凡的力量,听着林林总总的反对意见。他觉得这些意见虚妄无谓,早就被生活摒弃了。他感觉自己的力量正在体内积聚,越来越有分量:"我的理由很有分量, 我一定会胜利的," 里维埃想,"这就叫顺势而为。"如果有人请他提出尽善尽美的办法,以排除千难万险,他就这样回答:"经验会产生规则,如果缺乏经验,就绝对不可能通晓规则。"

经过长达一年的奋斗,里维埃终于胜利了。一些人说:"那是因为他有信念。"另一些人说:"那是因为他有坚忍不拔和勇往直前的精神。"但是,在他眼里,道理更加简单,那是因为他在正确的方向上发挥了重要的作用。

但是刚开始时是多么小心翼翼啊!飞机到天亮前一小时才会起飞,在日落后一小时就得降落。当里维埃对自己的经验更有把握时,他才敢把班机推向深邃的夜空。他鲜有追随者,又几乎遭到完全否定,现在他仍在进行单枪匹马的战斗。

里维埃按动电铃,他想了解航行中的飞机,想知道有关它们的最新消息。

12

可在这时，从巴塔哥尼亚起飞的班机遇上了暴风雨。飞行员法比安只好放弃绕道飞行的计划。他估计暴风雨的范围很广，因为一道道闪电径直劈向这个国家的腹地，照见层层叠叠的雷积云。他想从云层下方穿过去，万一情况不妙，就返回原地。

他看了看所处的高度：一千七百米。他用力握住方向盘，想降低高度。发动机震动得很厉害，整架飞机都在颤抖。法比安作出判断，调整下降角度，然后在地图上核对丘陵的高度：五百米。为了留有余地，他按七百米的高度飞行。

他牺牲高度，似乎在孤注一掷。

一股气流把飞机按了下去，机身抖动得更加厉害。面对无形的崩塌，法比安感觉生命岌岌可危。他幻想自己正在返航，再次飞进满是星斗的夜空。可是，他没有转向，一度也转不了。

法比安盘算着可能的机会：也许，这只是局部地区的暴风雨，因为下一中途站特雷利乌报告，说那里四分之三的天空有云。这就意味着还要在这团黑水泥中差不多再熬二十分钟时间。可是，飞行员仍旧惴惴不安。他顶着狂风，俯身向左。在这黑夜中，依然有光亮在穿梭盘旋。他想弄清这些浮光掠影到底是什么。其实，它们都算不上是光影，它们只是云层厚薄不均匀而产生的不同阴影，抑或只是疲劳引起的头晕目眩罢了。

他打开了报务员送来的一张纸条：

"我们在哪儿呢？"

法比安要是能知道的话，他愿意付出任何代价。他回答道："我不知道。我们正在靠着指南针穿越暴风雨。"

他又俯下身去。排气管喷出的火焰让他很不自在。这火焰拖在发动机后面，如一抹焰火，苍白无比，似乎一轮月华便能盖掉它的光芒。但是这束火焰浸溺在这片虚无之中，却将有形世界吞噬殆尽。他凝望着这束火焰，这火焰在风中摇曳，如火炬一般。

每隔三十秒，法比安就把头伸向座舱前部，检查一下陀螺仪和罗盘。他再也不敢打开那几盏灯光微弱的红灯，否则会很刺眼。但是所有仪表上的荧光指数都渗出一缕惨白的星光。就在这里，在指针和数字之间，飞行员感到一种自欺欺人的安全感，轮船在劈波斩浪时也会让人产生这样的感觉。黑夜，裹挟着岩石、沉船、山丘，它们一齐向飞机扑来，展现出同样的惊心动魄。

"我们在哪儿呢？"报务员又问了一句。

法比安又探出头来，靠向左边，再次警觉起来。他也不知道要花多长时间、使多少力气，才能挣脱黑暗的桎梏。他几乎怀疑自己永远挣脱不了了。因为他把生命都押在这张又脏又皱的小纸条上了。为了点燃内心的希望，他已经把这纸条端详了上千遍："特雷利乌：四分之三的天空有云，有微弱的西风。"如果特雷利乌四分之三的天空有云，那么可以从云隙间窥见阳光。除非……

远方，充满希望的这缕光明激励着他继续前进。不过，由于他还是心存疑虑，便潦草地给报务员写了几个字："我不知道我是否能闯过去。请告知我后方的天气是否一直晴好。"

报务员的回答让他颇为沮丧：

"科摩多罗来电：'这里无法返航。有风暴。'"

于是他开始揣测，正在安第斯山脉肆虐的空前的暴风雨，改变了前锋，转而扑向大海方向。在他到达之前，气旋会横扫过那些城市。

"问一下圣安东尼奥的天气。"

"圣安东尼奥回电：'刮西风，西部有风暴。天空阴云密布。'由于有杂音干扰，圣安东尼奥听不清楚。我也听不清楚。由于放电，我想得马上抽回天线。您将返航吗?您有什么计划?"

"别烦我了。去问问布兰卡港的天气吧……"

"布兰卡港回电：'预计二十分钟内有场强雷暴从西部过来，袭击布兰卡港。'"

"再问一下特雷利乌的天气。"

"特雷利乌回电：'西部有飓风刮来，风速每秒三十米，并伴有暴雨。'"

"请通知布宜诺斯艾利斯：我们四面受困，风暴扩展迅速，一千公里的路上都是。我们什么都看不见了。我们到底该怎么办?"

对于飞行员而言，这个黑夜漫无边际，因为它既不通向港口（似乎所有的港口都遥不可及），也不通往黎明。燃油一小时后也会消耗殆尽。一切必将莽撞地坠入这片深渊，这是迟早的事。

倘若他能够熬到天亮……

法比安想念黎明，如同在想念金黄色的沙滩，一片经过一夜奔波之后可以让人停歇片刻的沙滩。在那危机四伏的飞机下面，将会展现平原和海滨。静谧的大地怀抱着寂静的农庄，还有那成群结队的牛羊和连绵不断的山陵。所有在黑暗中徘徊的漂流物，都会变得温顺可亲。如果可以的话，他多么希望游向光明啊！

他觉得自己已经身陷囹圄。结局好也罢，坏也罢，一切都会在这团漆黑中有个了结。

确实如此。以前有几次，当朝霞初露，他便以为自己是在死而复生。

然而，双眼凝望着东方，凝望着旭日东升的地方，这又有何益呢。一道黑夜横亘在他们中间，如此深邃，根本无法跨越。

13

“亚松森的班机航行顺利,两点左右会到。不过巴塔哥尼亚的似乎遇到了麻烦,我们预计它会晚点很多。”

“是的,里维埃先生。”

“我们可能就不等巴塔哥尼亚的飞机了，让欧洲的航班准备起飞吧:亚松森的班机一到,您就来听我们指示。做好一切准备。”

此刻,里维埃把北方各中途站发来的护航电报重新看了一遍。它们给欧洲的班机开辟了一条皓月当空的航线:“晴空,月明,无风。”巴西的崇山峻岭在夜色的映衬下显得寥廓寂静,山上万木葱茏,黑压压一大片,直直地倒映在大海的碧波上。明月的清辉洋洋洒洒地落在这片森林上,森林却依然本色如故。岛屿也是黑黝黝的,像是海上漂浮的轮船残骸。一路上,月亮就是取之不竭的源泉:源源不断地带来光明。

如果里维埃下令起飞,欧洲班机的机组人员便会进入一个平稳的世界。整个晚上,这个世界都会发出柔和的光芒。在那里,光影之间永远平衡;在那里,即使是习习清风都钻不进这平衡。可一旦清风变强,顷刻间天空的颜色就会大变。

可是,面对这片光明,里维埃却犹豫不决起来,好似勘探者面对一片禁止开采的金矿。在南方,事情的发展说明里维埃错了,他是夜航唯一的捍卫者。巴塔哥尼亚发生的灾难,会让他的对手们站在道德的制高点上,会让里维埃的信念似乎显得不堪一击。而里维埃的信念从未动摇过。事业中的一次裂痕酿成了悲剧,而悲剧也表明了裂痕,他对此也毫无办法。“也许在西边需要建设几个观察站……到时再看吧。”他还会想:“我有同样充分的理由坚持下去,找到一个原因,那就少了一个以后可能导致事故的原因。”强者是越挫越勇。不幸的是,在压抑人性的游戏中,事物的真正意义几乎是微不足道的。大家以表象论输赢,计较可怜的得失。人们都被表象上的失败束缚住了手脚。

里维埃按下电铃。

“布兰卡港的电讯一直没有发给过我们?”

“没有。”

“给我接通这个中途站的电话。”

五分钟后,他问道:

“你们为何什么都不向我们汇报?”

“我们没有听到那架班机。”

“它没发讯号吗?”

“我们不知道。暴风雨太猛烈了。即便它在发报,我们也听不到。”

“特雷利乌那里听得到吗?”

“我们听不到特雷利乌。”

“打电话过去。”

“我们试过了:电话断线。”

“你们那里是什么天气?”

“要变天了。西边和南边有闪电。天气很闷。”

“有风吗?”

“现在还不大,但再过十分钟就难说了。闪电来得很快。”

一阵沉默。

“布兰卡港吗?你们在监听吗?好吧。过十分钟给我们回电话。”

里维埃翻阅了南方中途站的电报,上面都报告说没有收到飞机的讯号。有些中途站不再应答布宜诺斯艾利斯。在地图上,沉默的省份越来越多,范围越来越大。在那里,小城市已经受到风暴的蹂躏。在昏暗无光的街道旁,每家每户大门紧闭,宛若被世界遗忘、迷失在暗夜之中的航船。只有黎明才能拯救它们。

不过,里维埃伏在地图上,内心还是希冀着发现一片可供避难的晴空,因为他曾经拍电报给三十多个外省城市的警察局,向他们询问天气状况。他已经逐渐开始收到回电。方圆两千公里的无线电站都接到了命令,无论谁截获飞机的呼叫信号,都要在三十秒内通知布宜诺斯艾利斯。然后再由布宜诺斯艾利斯告知无线电站迫降机场的位置,并由后者转告法比安。

凌晨一点,秘书们接到了召集令,都回到了各自的办公室。在那里,他们不知怎么得知,夜航可能要中止,而且欧洲班机只会在白天起飞。他们低声谈论着法比安,谈论着飓风,尤其是谈论着里维埃。他们猜测,他就在附近,已经被大自然的脾气逐渐压垮。

但是所有的声音都平息了下来:里维埃刚刚出现在他的办公室门口,大衣紧裹,帽檐还是压得很低,一副永远不变的旅行者的装束。他向办公室主任从容走去：

“一点十分了，欧洲班机的材料都准备好了吗？”

“我……我以为……”

“您不是以为，而是要执行。”

他朝着开着的窗户缓缓转过身去，双手交叉放在背后。

一名秘书走到他跟前：

“经理先生，我们不会收到很多回电的。我们得知，内地的很多电报线路被摧毁了……”

“好吧。”

里维埃凝望着夜空，一动不动。

就这样，每条讯息都表明班机会有危险。每座城市，只要它的线路还未被破坏，只要它还能回话，都会通告已转向的飓风的不可逆转的行进情况，通告它的侵袭状况。“这生成的暴风雨从内陆，从安第斯山脉一路横扫过来，直奔大海……”

里维埃觉得星星太耀眼，空气太潮湿。多么奇怪的夜晚啊！它突然间就一片片地腐烂起来，如同油光发亮的果肉。布宜诺斯艾利斯的上空依然星光璀璨，但这里只是一片绿洲，转瞬即逝。这里还算是个港口，只是它在机组人员可抵达的范围之外。夜晚危机重重，真是山雨欲来风满楼。难以征服的夜晚啊。

某个地方，一架飞机正身陷“囹圄”。机上的人们，虽然无能为力，仍在苦苦挣扎。

14

法比安的妻子打来了电话。

每逢她丈夫返航的夜晚，她都在计算巴塔哥尼亚班机的航程："他从特雷利乌起飞了……"然后又睡着了。过了一会儿她又在想："他应该到圣安东尼奥了,他应该看到城市的灯火了……"于是她从床上爬起来,掀开窗帘,察看天气："这么多云,会妨碍他飞行的……"有时,月亮缓慢移动,如同牧羊人在漫步。于是,这位少妇又重新躺下,想到天上的繁星皓月,都会陪伴在她丈夫周围,这让她宽心之至。快到一点钟了,她感觉他快到了："他不会太远了,想必已经看到了布宜诺斯艾利斯……"于是,她又爬了起来,给他准备饭菜,煮一杯热气腾腾的咖啡："天上太冷了……"她总是以这样的方式迎接他,好像他刚从雪山下来："你不冷吗?""不冷!""还是暖和暖和吧……" 将近一点一刻,一切都准备停当。于是,她便打起了电话。

这个夜晚,一如平常,她问道:

"法比安着陆了吗?"

秘书听到这话,心里有点慌张:

"您是哪位?"

“西蒙娜·法比安。”

“哦,请等一下……”

秘书一句话都不敢说,把话筒递给了办公室主任。

“谁?”

“西蒙娜·法比安。”

“哦……夫人,您有什么事吗?”

“我丈夫已经着陆了吗?”

一阵沉默,这沉默颇让人费解,接着响起了一声简洁的回答:

“没有。”

“他晚点了吗?”

“是的……”

又是一阵沉默。

“是的……晚点了。”

“哦……”

这一声“哦”,刺痛人心。晚点,不要紧的……不要紧的……不过,要是这么一直晚点下去……

“哦!……那他什么时候会到这儿呢?”

“他什么时候会到这儿?我们……我们不知道。”

她现在是在对墙说话,听到的只是她自己问题的回声罢了。

“我请您回答我!他现在在哪里?……”

“他现在在哪里?稍等……”

这样闪烁其词让她很痛苦。在那里,在这堵墙后,一定发生了什么事。

终于有人下决心说实话了：

“他十九点三十分从科摩多罗起飞的。”

“然后呢?”

“然后?……延误了很久……由于天气不好而延误了很久……”

“哦!天气不好……”

这是多么不公,多么狡猾啊,月亮却依然高悬在那里,悠然自得地照耀着布宜诺斯艾利斯!少妇突然想起来,从科摩多罗到特雷利乌差不多要花两个小时。

“他朝特雷利乌已经飞了六小时!那他总发了讯息给你们的吧!他说了些什么啊?……”

“他和我们说了些什么?显然,碰上这样的天气……您懂的……他的讯息听不清楚。”

“这样的天气!”

“那么,这就样吧,夫人。我们一有消息的话,就给您打电话。”

“哦!你们什么都不知道……”

“再见,夫人……”

“不!不!我要见经理!”

“经理先生很忙,夫人,他正在开会……”

“哦,那我不管!我不管开不开会!我要见他!”

办公室主任擦着汗水：

“等一会儿……”

他推开了里维埃办公室的门：

“法比安夫人想见您。”

“来了，”里维埃心想，“我害怕的事终于来了。”悲剧的感情因素终于显现了。他首先想避开这些因素：就像母亲和妻子避开不进手术室一样。遇险的船只上也不容许情感流露，情感无助于拯救人的生命。不过，他还是同意了：

“把电话接到我办公室。”

他听到了这微弱的、遥远而又颤抖的声音。他立刻明白自己是无法给她答复的。对于他们两个人而言，对峙永远是徒劳的。

“夫人，我请您镇静些！在我们这一行，等很久才等来消息，这太稀松平常了。”

他到达了这样的界区，其中提出的，不是小小的个人悲情问题，而是行动本身的问题。与里维埃对话的，不是法比安的妻子，而是生命的别样意义。这个微弱的声音，这曲哀伤愤恨的悲歌，里维埃只能倾听，只能怜悯。因为行动和个人幸福，两者无法兼得：它们水火不容。这个女人也在诉说，以绝对世界的名义，以她自己的权利和义务的名义。这是桌前夜灯明照的世界，这是耳鬓厮磨的世界，这是充满希望、温情和回忆的世界。她要求得到属于她的财富，自有她的理由。而里维埃也是，他也有他的理由。但他却提不出什么理由来反对这个女人的真理。就靠着一盏简陋的室内照明灯的光芒，他便发现自己的真理是这样的难以言表，也不合情理。

“夫人……”

她不再听下去了。她用她娇弱的拳头捶了一阵墙，之后他仿佛觉得她简直倒在了他的脚边。

有一天，在一座桥梁的施工工地上，当里维埃和一位工程师俯身察看一名伤员时，这名工程师对里维埃说："值不值得为了这座桥就把脸弄伤了？"走这条路的农民，没有一个会同意为了走这座桥、少绕路而可怕地毁掉这张脸。然而，好几座桥梁还是建成了。工程师补充道："总体利益是由个人利益组成的，除此之外，再无其他解释了。""不过，"里维埃之后回答他道，"如果人的生命是无价之宝，为何我们总是在行动，好像有些东西的价值超过了人的生命……但这到底是什么东西呢？"

于是，里维埃想到了机组人员，内心揪得紧紧的。行动，即使是建造桥梁的行动，也会破坏幸福。里维埃不能不扪心自问："以什么名义呢？"

"这些人啊，"他心想，"都可能要消逝了，他们本该幸福地生活着。"在夜灯照耀的金色殿堂里，他看到了一些低垂的脸庞。"我以什么名义把他们拉出来了呢？"他以什么名义剥夺了他们的个人幸福的？难道首要法则不是保护这些幸福吗？而他却把它们毁了。不过，总有那么一天，这些金殿会像海市蜃楼般烟消云散，这是命运使然。衰老和死亡会比他更加无情地摧毁它们。也许还有其他东西值得拯救，其他更加恒久的东西。也许里维埃致力的事业就是拯救人类的这一部分吧？否则，行动就毫无意义了。

"爱，仅仅是爱，那怎么行得通！"里维埃隐约感觉有比爱更加伟大的责任。抑或，这也是一种温情，却是与众不同的温情。他想起一句话："要让他们成为永恒……"他在哪儿看到过这句话的？"您内心的寻觅正在逝去。"他眼前又浮现出秘鲁古印加人的太阳神庙，还有那些立于山巅的石块。这些石块重重压在现代人的心上，像是千古遗恨。如果没有这些石块，一个曾经鼎盛的文明又会留下几许?“古人的领袖，他们心怀何等的铁石心肠，抑或是何等古怪的爱意，才能强迫人民把殿宇搬到高山之巅，强迫人民为自己树起永恒的丰碑?”在沉思冥想中，里维埃又看到了小城镇的芸芸众生，他们一到晚上便围在露天音乐厅边上。“这种幸福，这副枷锁……”他想道。古人的领袖，他可能对痛苦的人毫不同情，但对死亡的人却无比怜悯。他所怜悯的并不是死亡的个体，而是被茫茫沙海吞没的整个人类。所以，他要带领人民堆起石块，一任风沙漫天，也无法将其湮没。

15

这张折成四折的纸条可能救得了他。法比安紧咬牙根，把它打了开来。

“无法和布宜诺斯艾利斯联络。我甚至都无法按发报键，手指一碰就冒火花。”

法比安怒火中烧，正想回答他，但当他的手放开方向盘准备写字时，一股强劲的气流袭遍他的全身：他和五吨重的金属机体，一同被涡流掀起，左摇右晃。他只好放弃不写。

他的双手再次握住方向盘，努力压住气浪。

法比安深深地吸了口气。报务员要是因为害怕暴风雨而抽回天线的话，那么法比安一着陆就会把他揍个鼻青脸肿。必须不惜一切代价与布宜诺斯艾利斯联络，仿佛对方从一千五百公里远的地方，可以朝他们深陷其中的深渊抛来一根救命绳索似的。没有颤抖的光亮，也没有旅社的灯光，这灯光虽然近乎无用，却能像航灯一样照亮大地。他至少要听到一个声音，一个独一无二的声音，来自业已消逝的世界。飞行员举起自己的拳头，在红灯下晃了晃，好让后面的报务员明白这个悲情的真理。但是，那人却在俯视着备受蹂躏的空间，凝望着被风雨湮没的城市，凝望着沉寂死灰的灯光。

法比安什么话都肯听，只要有人朝他喊出来。他想：“有人叫我兜圈子，我就兜圈子。有人叫我朝正南飞……”在朦胧月影中，大地显得安静祥和，这样的景象在某些地方总该存在吧。那里的同事，他们都知道这样的大地，他们像学者一样，无所不知。在美艳如花的灯光下，他们正在俯身查看地图，显得无所不能。而他呢？除了向他袭来的气流，除了以山崩地裂的速度向他扑来的黑夜，除了这股黑色湍流，他还知道些什么呢？他们总不能把这两个人抛弃在云端的狂风烈焰中吧。不能这样做。法比安会得到他们的指令：“航向二百四十……”他便会把航向定在二百四十。但他还只是孤身一人。

他感觉连飞机也在反抗。每当飞机下降，发动机就开始剧烈震动，震动得似乎整架飞机都在气得发抖。法比安用尽全力操控飞机，他把头伸向座舱前部，盯着陀螺仪的刻度盘。因为，外面的天地，他已经无法分清。一切都融为一体，他陷到了开天辟地前的混沌之中。但是，刻度盘上的方位指针摆动得越来越快，很难看清它指的数值。飞行员觉得指数靠不住了，便苦苦挣扎，不断下降高度，逐渐陷入了这片泥沼之中。他看了一眼飞行高度：“五百米”。这正是丘陵的高度。他感觉这些连绵不绝的丘陵正排山倒海般地向他滚滚涌来。他也明白，所有地上的山冈，哪怕是最小的，也足以让他粉身碎骨。他感觉这些山冈像被连根拔起，失去了控制，像醉鬼一样，开始围着他打转，开始围着他莫名其妙地手舞足蹈，将他裹挟得越来越紧。

他于是打定主意：即使撞上地面，他也要降落，降在哪儿都行。他射出了唯一一颗照明弹，这样至少能避开山丘。照明弹发出耀眼的光芒，在空中画出一道曲线，照亮了一片平原，然后落在那里熄灭了：那是大海。

他头脑里迅速闪过一个想法：“完了。虽然修正了四十度，我还是偏离了正确位置。这是飓风。陆地在哪儿呢?”他朝正西方向转过去,心想:“现在没有照明弹了,我要完蛋了。” 完蛋的一天总会到来。他的伙伴,就在后面……“他拉回了天线,肯定是的。”但飞行员不再怪他。他只要一松手,他们的生命也会随风而逝,宛如一粒凡尘。他手里握的,正是他和他伙伴跳动的心脏。突然,这双手让他不禁惊恐起来。

气旋像撞锤一般在重重地撞击,他用力抓住方向盘,减缓冲击力,否则传动索会被扯断的。他抓着方向盘,竭尽全力,始终不放。就这样,他的双手因用力过度而变得麻木。他想活动一下手指,好看看它们有没有反应:他想知道它们是否还听话。他的胳膊上仿佛生出某种奇怪的东西,像是没有知觉、变幻不定的薄膜。他心想:“我要拼命想象自己抓紧了……”他不知道自己的这个想法能否传递到手上。他只能靠肩膀的疼痛来感知方向盘的剧烈震动:“我抓不住它了。我的手要松开了……”他竟然说出这样的话,因为这一次,他感觉自己的双手被这景象的无名之力所驱使,在黑暗中徐徐松开,把他抛了出来。

他本来还可以再搏斗一番,再尝试一把,因为外在的必然性并不存在,不过却有内在的必然性:一旦你暴露了自己的脆弱,那么错误便会源源不断地缠上你,缠得你头昏脑涨。

正是在这脆弱的时刻,在他的头顶上,透过暴风雨的缝隙,亮起了几缕星光,好似渔网底部让人欲罢不能的诱饵。

他明知这是一个陷阱:在一个窟窿里可以看到三颗星星,若向它们飞奔而去,便再也下不来了,只好留在那里啃啃星星了……

但是,他是那么渴望光明,终究还是往上飞了。

16

他靠着星光的标志,不断排除气流的干扰,努力往上飞。星光就像白色的磁铁,吸引着他。为了追寻光明,他苦苦寻觅了那么久,即使是最模糊的光亮,他也绝不言弃。即使是隐约闪现的旅舍灯光,也是他渴求的信号,至死不渝。因此,他现在正飞向这片光明的天地。

他一点点盘旋上升。天空在他顶上,有如不断开合的坑井。随着他不断飞高,乌云也渐渐褪去了黝黑的颜色。这些云彩向他滚滚涌来,有如白净纯洁的浪花。法比安钻出来了。

他惊讶极了:那么明亮,那么灿烂,让他眼花缭乱。他只好把眼睛闭上几秒钟。他绝对没有想到,夜空中的云彩竟会如此灿烂夺日,是皓月繁星把它们变成晶莹明亮的波浪。

就在他钻出云层的一瞬间,飞机一下子恢复了宁静,一种不同寻常的宁静。再也没有波浪的颠簸。宛若一叶扁舟,穿过了堤坝,驶进了水库。他邂逅了一片陌生而隐秘的天空,如同岛屿旁的幸福港湾。风暴在他的脚下营造出另一片天地,厚达三千米,狂风骤雨,雷电交加,但是,它对星辰却展现出一副晶莹雪白的面容。

法比安以为自己来到了太虚幻境,因为一切都变得光彩夺目,无论是他的双手,他的衣服,还是他的机翼。因为这些光芒并非来自星辰,而是从他的顶上,从他的周围,从这些雪白的云朵中散发出来的。

这些云朵，他周围的云朵，把从月亮上吸收的雪白光芒统统反射了出来。高耸的云团,无论是左边的还是右边的,都是如此。天空中弥漫着乳白色的光芒,把机组人员团团围住。法比安回过头来,看到报务员在笑。

“这下可好啦!”他喊道。

但这声音很快便消失在飞机的轰鸣声中，唯有笑容在传递心声。“我真的疯了,”法比安心想,“还笑呢,我们可是完蛋了。”

然而,成千上万只无形的臂膀把他松开了。他身上有如囚徒锁链般的束缚终于被人解开了,仿佛他可以在花丛中独自走上一会儿。

“太美了。”法比安心想。他在璀璨夺日的群星间遨游。在他遨游的这个世界里,除了他和他的伙伴,再也没有其他生命。如同传奇故事里的城市盗贼,他们钻进摆满珍宝的屋子后就再也走不出来。他们在这些奇珍异宝间穿梭,虽然无比富贵,但人生之路已然暗淡无光。

17

在巴塔哥尼亚的科摩多罗–里瓦达维亚中途站，有个无线电报务员猛然一动。本来都在自己岗位上无可奈何值着夜班的同事，一下子聚了上来，弯着腰围在一起。

他们俯视着一张被照得煞白的白纸。报务员的手仍然犹豫不决，不停摆动着铅笔。报务员的手仍然在比画着电文，但手指已经在颤抖了。

“有暴风雨吗？”

报务员点了点头。狂风暴雨声让他听不明白对方的声音。

然后，他记下了几个难以辨识的符号。然后又记下了几个字。最后终于拼凑出整条电文：

“我们被困在风暴上空三千八百米。现朝着正西方向，往内陆飞行，因为我们已经偏移到海上来了。下面乌云密布。不知道是否还在海面上空飞行。如果风暴转移到内陆，请通知我们。”

由于暴雨的缘故，这份电报发给布宜诺斯艾利斯，得一站一站接力传送。这讯息在黑夜中不断传递，如同一座座烽火台上相继燃起熊熊大火。

布宜诺斯艾利斯答复并请求回答：

“内陆普遍有暴风雨。你们还剩多少燃油?”

“只够飞半小时的。”

于是这句话,又被一个个值班人员口口相传,一直传到布宜诺斯艾利斯。

不消三十分钟,整个机组注定会坠入飓风,在风雨中飘摇并坠到地上。

18

于是，里维埃沉思起来。他已不抱任何希望：这个机组会在夜色中坠落某地。

里维埃回想起了给他的童年打上深刻烙印的一件事情：有人抽干池塘后发现了一具死尸。在这团黑影从大地上消失之前，在阳光重新洒在这些沙滩、平原、麦田上之前，人们不会找到机组人员。一些纯朴的农民可能会瞧见两个孩子，曲着胳膊，遮住脸庞，像是睡着了一般。他们躺在草丛中，沐浴着金色的阳光，一派祥和的景象。但是，他们已经被黑夜淹死了。

里维埃想到深邃的黑夜如同神奇的海洋，不知埋藏了多少宝藏……那些黑夜里的苹果树，满树怒放的花朵，还有一些含苞待放的花，一起等待着黎明。夜是绚烂的，活色生香，满是沉睡的羔羊和纯色的花朵。

太阳将逐渐升起，阳光将洒向肥沃的田野、湿润的树林和鲜艳的苜蓿花。在将充满善意的山冈上，在草原和羊群间，在世界的安详中，两个孩子似乎就要一睡不起了。有些东西已经从可见的世界悄然滑向另一个世界。

里维埃了解法比安那位焦虑而又温柔的妻子：她刚刚得到这份爱情，就好像一个穷苦的孩子刚刚得到一件玩具一样。

里维埃想到法比安的手，短短几分钟之内，他的命运还仰仗这握着方向盘的手来掌握。这手，曾经表达过爱意。这手，曾经搁在胸脯上，撩起了内心的骚动，宛如神明的妙手。这手，曾经拂过脸庞，改变容颜。这手，该是多么神奇。

夜里，法比安在壮观的云海间翱翔，但在下面，却是永恒。在只有他一人栖息的星辰间，他迷失了。他的手里还握着这个世界，他的胸膛还在稳固着这个世界。他紧紧按着方向盘，要把人生的绚烂和凝重统统按在里面。他拖着终究要归还的无用的珍宝，无比绝望地把它们从一颗星星拖到另一颗星星……

里维埃心想，有个无线电台仍然可以收到他的讯息。把法比安与这世界相连的，只有这悦耳的声波，这微弱的音调。没有呻吟，没有叫唤，却有在绝望中涅槃而出的最纯正的声音。

19

罗比诺把他从孤寂中拉了回来：

“经理先生，我想过……或许可以试一试……”

他并没有什么建议，只不过以此来表达他的好意。他真想找到一个解决办法，不过现在寻找起来却有点像猜谜。他总能找到事情的解决办法，不过里维埃却从来不听：“瞧，罗比诺，生活中根本没有解决办法，只有前进的力量；必须创造这些力量，解决办法也就随之而来。”因此，罗比诺只好立足本职，通过与机械师的合作创造这股前进的力量。这股前进的力量很微不足道，只是让螺旋桨毂不生锈而已。

但是这天晚上发生的事却让罗比诺束手无策了。他的督察员头衔对于暴风雨是无能为力的，对于幽灵般的机组也是这样。确实，这个机组不再为了准点奖而奋力搏击，而是为了摆脱唯一的惩罚——死亡，这惩罚会让罗比诺所有的惩罚都相形见绌。

现在，罗比诺无事可做，只好在办公室里来回踱步。

法比安的妻子上门求见。她满心焦虑，在秘书们的办公室里等着里维埃的接见。秘书们抬起头，悄悄地朝她的脸庞瞟一眼。这让她颇感羞怯。她腼腆地环顾四周：这里的一切都不欢迎她。这些人，他们忙着手上的工作，如同神情漠然地踩着尸体前进似的。在这些文件里，人的生命、人的痛苦，只是简化为一连串冰冷的数字。她找寻着会给她透露法比安消息的迹象。在她家里，一切都表明她丈夫的不存在：半铺好的床，煮好的咖啡，一束鲜花……她找不见任何迹象。而这里一切都与怜悯、友谊、回忆相去甚远。没有人提高嗓门和她说话，因为她能听到的唯一一句话，是一位职员索要清单时的骂骂咧咧："……发电机的清单，真见鬼！就是我们发给圣多斯的那张。"她举目望着这个男人，眼神里流露出无比的惊讶。接着又望了望挂在墙上的地图。她的嘴唇微微哆嗦了一下。

她尴尬地猜到，她在这里表现了一种残酷的真相，她几乎有点后悔来到这里，她想把自己隐藏起来。她害怕太引人注目，不得不忍住咳嗽，忍住哭泣。她觉得自己很奇怪，很失当，有如赤身裸体一般。但是，她代表的真相非常强烈，引得那些偷窥的目光不停地打量着她的面容，想从中解读出那份真相。这个女人很美。她向男人们彰显出幸福的终极世界。她彰显出行动在不知不觉之中，会触及何种庄严的问题。面对如此之多的关注的眼神，她闭上了双眼。她彰显出在不知不觉之中，怎样的安宁可以被破坏殆尽。

里维埃接待了她。

她胆怯地前来诉讼，为她的鲜花，为她煮好的咖啡，为她青春的肉体诉讼。在这间格外阴冷的办公室里，她的嘴唇又一次微微哆嗦起来。她也发现了自己的真相，在这个别样的世界里，无以名状。她身上散发出的爱情味道是如此狂野，如此虔诚与忠贞不贰，但在此时此地，却似乎换上了一副自私

可憎的面容。她真想逃离:

"我打扰您了……"

"夫人,"里维埃说,"您没有打扰我。不幸的是,夫人,您和我一样,我们毫无办法,只能等待。"

她轻轻地耸了耸肩膀,里维埃明了其意:"这盏灯,这满桌晚餐,这些鲜花,我回到家里看到这些,又有什么意义呢……"有一天,有位年轻的母亲曾经向里维埃倾诉说:"我孩子走了,我依然无法理解。让人难受的就是这些小东西,比如我看到他穿过的衣服,或是晚上醒来,心头又涌起的那股温情,所有这些都已经毫无用处,如同我的乳汁一般……"对于这位女人,又何尝不是这样。法比安的离世可能明天才算开始,透过每个徒劳的动作,透过每件细小的物品,法比安缓缓地离开了他的家。里维埃只好把这份同情深埋心间。

"夫人……"

少妇退了出来,脸上露出几近谦恭的微笑,却不知道这意味着何种力量。

里维埃坐了下来,心情颇为沉重。

"但她帮助我发现了我追寻的东西……"

他心不在焉地拍拍北方各中途站发来的护航电报,陷入了沉思:

"我们并不追求永恒,但希望行为和事物不要一下子失去它们的意义。那样的话,我们就会被空虚所包围……"

他的目光滑落到电报上。

"死神,就是从这儿溜到我们中间:这些再也没有意义的电报……"

他盯着罗比诺。这个平庸的小伙子，现在也毫无用处，再也没有什么意义了。里维埃差不多以生硬的口吻向他说：

“难道要我亲自给您分派工作吗？”

然后，里维埃推开通向秘书办公室的大门。显然，有些迹象表明法比安失踪了，这让他很受触动，而法比安太太却看不懂这些迹象。RB903号飞机是法比安驾驶的，它的卡片已经挂在墙上的图表中，挂在“不可用物资”一栏。秘书们正在准备欧洲班机的资料，知道这架飞机要延迟起飞，所以工作得很不起劲。机场打来电话，询问对机组人员有什么指令，而此时机组人员正在漫无目的地值着班。生活的节奏正在放缓。“死亡，这就是死亡！”里维埃心想。他的事业宛若一艘帆船，在风平浪静的海面出了故障。

他的耳畔响起了罗比诺的声音：

“经理先生……他们结婚才六个星期……”

“去工作吧。”

里维埃一直凝视着秘书们，除了他们，他还凝视着那些操作工、机械师、飞行员，凝望着所有那些怀揣创世信念、给他事业带来莫大帮助的人。他想到了古代的小城镇，那里的人听说有“岛”，便开始建造航船，好让这艘航船满载他们的希望出发，好让人们看到自己的希望在大海上扬帆远航。所有人都在茁壮成长，所有人都在超越自我，所有人都在救赎与升华。“目的也许并不能说明问题，但是行为却让人摆脱死亡。这些人由于他们的航船而获得了永生。”

至于里维埃呢，他也在和死亡搏斗。因为他让电报充满意义，让值班机组精神紧张,让飞行员正视他们悲壮的目的。因为生活让这项事业重新焕发生机,如同在茫茫大海上,海风又让船儿扬帆远航。

20

科摩多罗-里瓦达维亚什么也听不到了，但远在千里之外，二十分钟之后，布兰卡港截获了第二份电讯：

“我们正在下降。我们进入了云层……”

然后，特雷利乌的无线电台收到一份电文，上面的几个字让人费解：

“……什么也看不见……”

短波往往就是这样。那里收到了，这里却什么也听不到。接着，一切都变了，毫无理由可言。这个方位不明的机组，对于生者而言，已经超越了时空。在无线电站的白纸上出现的字词，也仿佛是幽灵所写。

燃油耗尽了？抑或飞行员在故障发生前作出最后一次尝试，冒着撞向地面的危险降落而没有坠毁？

布宜诺斯艾利斯给特雷利乌发出命令：“向他问问情况。”

无线电监听站就像一个实验室：镍片、铜线、压力计、导线网。值班的工作人员穿着白大褂，一声不出，弯着腰，似乎在埋头做着一项简单的实验。

他们以精巧的手指触着仪器，探索磁性的天空，宛如寻找金矿的勘探者。

“没有回音吗?”

“没有回音。”

他们也许会抓住这个可能意味着生命的音符。如果飞机和它的航灯升上星空,他们也许会听到星星的歌声……

时间在分分秒秒地流逝,一如流淌的血液。飞机还在飞吗?每流逝一秒,就有一个机会在消逝。因此,时光流逝,就好比是一种摧残。如同时间触摸一座庙宇,两千年里,它在庙宇的花岗岩间不停穿梭,将它化为一堆残垣。如今,这数百年的侵蚀力量都集中在每一秒中,不断威胁着机组。

每一秒都带走一些东西。

那便是法比安的声音,法比安的笑声,他的微笑。沉默又笼罩四周,越来越凝重,如大海一般沉沉地压在这个机组身上。

这时,有人提醒道:

“已经一小时四十分了。燃油消耗的极限:他们不可能还在飞。”

于是一片寂静。

嘴角泛起了某些淡淡苦涩味的东西，好像旅程行将结束。某些事完成了,但对此却一无所知,这让人颇为沮丧。面对所有这些镍片和铜线,人们感到一股悲凉笼罩着这破败的“工厂”。所有这些设备都显得沉重、无用,像是摆设:宛若一堆枯枝。

只有等待天明。

再过几个小时，整个阿根廷将在阳光下展露它的面容。这些人待在这里,好像待在沙滩上一般,看着拖曳的渔网,看着缓缓拖曳的渔网,不知道里面究竟能拖上来什么。

里维埃待在办公室里，全身不禁松弛下来。只有当厄运连连，人们感觉无力回天时才会出现这样的状况。他已经让人向全省的警察局报警。他已经无能为力，只能等待。

但即使在有丧事发生的家庭，做事也要有条不紊。里维埃向罗比诺做了个手势：

"给北方各中途站发电报：预计巴塔哥尼亚的班机会严重误点。为了不使欧洲班机过分延迟，我们将把来自巴塔哥尼亚的邮件交由下一班欧洲班机运送。"

他稍稍欠了欠身子。但他转念一想，想起了某些事情，很严重的事情。哦！是的。别忘了：

"罗比诺。"

"里维埃先生？"

"请您起草一份通知。禁止飞行员让转速超过一千九百转：否则他们会把发动机给毁了的。"

"好的，里维埃先生。"

里维埃又往前欠了一下身。不管怎样，他需要孤独：

"去吧，罗比诺。去吧，我的老朋友……"

死亡阴影前的这种平等关系，让罗比诺不寒而栗。

21

现在,罗比诺在各个办公室里来回穿梭,神情忧郁。公司的生活已经停滞,因为原定两点出发的班机可能被取消,只能等到天亮后再出发。神情严肃的职员们还在值班,但这已无济于事。北方各中途站还在源源不断地发来护航电报,但是电报里的"晴天""月明""无风"等字眼,勾勒的只是一个了无生机的形象,一片只有月亮和石头的荒漠。当罗比诺莫名其妙地翻阅办公室主任准备的材料时,他突然发现主任站在他面前,神情傲慢,等着他归还材料,那样子似乎在说:"是不是等您愿意的时候才还我?这是我的……"一名下属抱着这样的态度,这让督察员很不痛快,但他也想不出反驳的话,只好愤愤地把材料还给了对方。办公室主任神气活现地转身坐好。"我真该把他赶出去。"罗比诺心想。于是,他故作姿态地一边踱步一边想着这场悲剧。这场悲剧可能会导致一项政策的破产,罗比诺不禁为这祸不单行而哀伤不已。

然后,他想到了里维埃关在他办公室里时的样子,里维埃还对他说:"我的老朋友……"没有人会孤立无援至这种地步。罗比诺对他抱有深深的同情。他的头脑里翻腾着几句隐含怜悯和安慰的话语。一种他认为十分美好的情感在激励着他。于是，他轻轻敲门。没人搭理。他不敢重敲，怕破坏了这份宁静，便推开了门。里维埃在里面。罗比诺走进里维埃的房间，几乎生平第一次与他平起平坐，有点像朋友，也有点像他想象中的中士，冒着枪林弹雨，去寻找负伤的将军，陪伴他一同撤退，在逃亡途中他们成了难兄难弟。"不管发生什么，我都和您在一起。"似乎这是罗比诺的肺腑之言。

里维埃没有说话，低着头，看着自己的双手。而罗比诺就站在他面前，不敢吭一声。雄狮，即使再羸弱，也是威风凛凛的。罗比诺酝酿的话语也要越来越有诚意。但每当他抬起目光，便瞧见那个低垂的脑袋，那头灰白的头发，那两片紧抿的嘴唇，流露出多么巨大的痛苦啊！终于，他下定了决心：

"经理先生……"

里维埃抬起头，看着他。里维埃刚从那么深邃、那么遥远的冥想中回过神来，他可能还没有注意到罗比诺的存在。没有人知道里维埃到底在想什么，也不知道他的感受，更不知道他心里泛起的是何种忧伤。里维埃久久地望着罗比诺，就像他是某个事件的亲眼见证人。罗比诺颇感尴尬。里维埃越是盯着罗比诺看，他的嘴角就越是泛起难以捉摸的轻蔑。里维埃越是盯着罗比诺看，罗比诺就越是脸红。何况在里维埃看来，罗比诺来到这里，就是为了证明人类的愚蠢，虽然怀着善意，让人感怀于心，但不幸的是，这善意只是一种本能而已。

罗比诺心里泛起一阵惶恐。什么中士，什么将军，什么枪林弹雨，统统想不起来了。某种难以解释的事发生了。里维埃一直看着他。于是，罗比诺不由自主地改变了一下神态，把左手从口袋里抽了出来。里维埃还是一直看着他。于是，到了最后，罗比诺显得无比窘迫，直直地说道：

“我是来听您指示的。”

里维埃掏出手表，只是淡淡地说道：

“两点钟了。亚松森的班机两点十分着陆。让欧洲班机两点一刻起飞。”

于是罗比诺便把这条惊人的消息传了出去：夜航没有中断。而且罗比诺对办公室主任说：

“您把那份文件带来给我审阅。”

等办公室主任来到他跟前时，他却说道：

“请等一下。”

于是办公室主任就等着。

22

亚松森的班机发出即将着陆的信号。

里维埃即使是在最糟糕的时刻，也是通过一封封电报关注着飞机的顺利航行。对他而言，在惶恐不安的时刻，亚松森班机的顺利抵达是对他信念的回报与证明。从一路电报的内容来看，这次顺利的飞行预示着其他成千上万次的飞行也会很顺利。“并不是每天晚上都会有飓风的。”里维埃还想道：“一旦有了路，便要继续前进。”

飞机从巴拉圭起飞，如同从鲜花遍地、家宅林立、溪水潺潺的乐园出发，掠过了一个又一个中途站。飞机擦过飓风的边缘，可飓风并没有遮住满天星光。九名乘客包裹在自己的旅行毯中，额头靠在窗边，如同靠在展示珠宝的橱窗上；阿根廷的那些小城镇，一到夜晚便散发出璀璨的光芒，天上的星光反倒显得有点苍白。飞行员坐在前面，肩负着保卫珍贵生命的重担。他睁大双眼，满天月色尽入眼帘，颇似一位牧羊人。布宜诺斯艾利斯的地平线已经布满红光，不久全城的石头也将大放光芒，如在神话里的藏宝室。报务员的手指正在发出最后几份电报，似乎他在对着天空，欢快地敲出奏鸣曲的最后几个音符，而这首曲子，里维埃颇解其意。然后，报务员收回了天线。接着，他伸了伸懒腰,打了个哈欠,微笑着说:“到了。”

飞行员着陆之后，碰到了欧洲班机的飞行员，他背靠在自己那架飞机上,双手插在口袋里。

“是你接着往下飞吗?”

“是的。”

“巴塔哥尼亚的在吗?”

“不等了,它不见了。天气好吗?”

“天气很好。法比安不见了?”

他们寒暄了几句。他们情谊深厚,一切尽在不言中。

亚松森运来的邮包被卸到了欧洲班机上。飞行员始终一动不动，头仰着,后脑勺靠着座舱,仰望着星空。他觉得自己体内升腾起一股巨大的力量,内心感到极为喜悦。

“装完了吗?”一个声音问道,“那就启动吧。”

飞行员却纹丝不动。他的发动机有人发动。飞行员的肩膀抵着飞机,马上就要感受到这架飞机的生命气息。飞行员终于得到了确认信息,之前流传着那么多的小道消息:要飞……不飞……要飞!他嘴唇微微张开,就像一只年轻的野兽,他的牙齿在月光的照耀下发出洁白的光芒。

“晚上要小心啊!”

他没有听到同事的劝告。双手插在口袋里,头往后仰着,眼睛望着云朵,望着群山,望着河流,望着海洋。这时,他悄悄地笑了起来。这是一阵微弱的笑声,却能传遍他的全身,宛如一阵和风拂过树木,使他全身都微微颤抖起来……这是一阵微弱的笑声,却胜过这些云朵,这些山岭,这些河流,这些海洋。

“你怎么了?”

“里维埃这个白痴,他把我……他以为我害怕了!”

23

一分钟后，欧洲班机将飞过布宜诺斯艾利斯。重整旗鼓的里维埃，想听一听它的声音。听它出发，听它低吼，听它消逝，它将宛如一支军队踏着雄壮威武的步伐，在满天星斗间前进。

里维埃双臂交叉，从秘书中间穿了过去。在一扇窗前，他停了下来，倾听着，冥想着。

倘若他中断一次飞行，那么夜航这项事业也就没了希望。懦夫们明天就会来责备他，而里维埃则赶在他们之前，在当晚又发送了一个机组。

胜利……失败……这些字眼毫无意义。生活被这些意象掩盖着，但又在酝酿着崭新的意象。一次胜利会削弱一个民族，一次失败则会唤醒另一个民族。里维埃遭受的失败可能就是一次热身，他会走向真正的胜利。唯有前进的事业才是最最重要的。

五分钟后，各个无线电站将会电告各个中途站。在一万五千公里的航线上，生命的沸腾将会使所有问题都迎刃而解。

一曲管风琴乐已经响起：这正是飞机的歌声。

而里维埃呢，他步履从容，从秘书中间穿过，回到了他的办公室。秘书们不敢直视他严厉的目光，纷纷低下头来。伟大的里维埃，凯旋的里维埃，他正肩负着自己沉重的胜利。

经典译林

Yilin Classics

名	单价	书名	单价
症楼	78.00 元	艾青诗集	35.00 元
的教育	39.00 元	爱丽丝漫游奇境	29.00 元
娜 · 卡列尼娜	65.00 元	安徒生童话选集	42.00 元
慢与偏见	36.00 元	奥德赛	92.00 元
十天环游地球	32.00 元	巴黎圣母院	42.00 元
洋淀纪事	39.00 元	百万英镑	35.00 元
法利夫人	38.00 元	悲惨世界（上、下）	98.00 元
影	28.00 元	被侮辱与被损害的人	39.00 元
城	36.00 元	变色龙：契诃夫中短篇小说集	39.00 元
得 · 潘	35.00 元	变形记 城堡	38.00 元
叶集：惠特曼诗选	39.00 元	茶馆	32.00 元
花女	35.00 元	查拉图斯特拉如是说	38.00 元
思录	29.00 元	城南旧事	29.00 元
牛大王历险记（插图版）	35.00 元	大卫 · 科波菲尔（上、下）	79.00 元
代英雄	45.00 元	稻草人	29.00 元
心游记	32.00 元	飞鸟集 · 新月集：泰戈尔诗选	39.00 元
向太空港	39.00 元	福尔摩斯探案集	58.00 元
活	42.00 元	傅雷家书	49.00 元
兰克林自传	36.00 元	钢铁是怎样炼成的	39.00 元
老头	39.00 元	格列佛游记	35.00 元

书名	单价	书名	单价
格林童话全集	49.00 元	给青年的十二封信	38.00 元
古希腊悲剧喜剧集（上、下）	118.00 元	海底两万里	38.00 元
海蒂	35.00 元	红楼梦	69.00 元
红与黑	49.00 元	呼兰河传	35.00 元
呼啸山庄	39.00 元	基督山伯爵（上、下）	108.00
纪伯伦散文诗经典	42.00 元	寂静的春天	35.00 元
假如给我三天光明	32.00 元	简·爱	39.00 元
金银岛	35.00 元	经典常谈	29.00 元
荆棘鸟	45.00 元	静静的顿河	128.00
镜花缘	49.00 元	局外人·鼠疫	38.00 元
菊与刀	35.00 元	克雷洛夫寓言	32.00 元
快乐王子：王尔德童话全集	32.00 元	宽容	32.00 元
昆虫记	39.00 元	老人与海	32.00 元
理想国	45.00 元	聊斋志异	55.00 元
了不起的盖茨比	38.00 元	列那狐的故事	39.00 元
猎人笔记	38.00 元	林肯传	39.00 元
柳林风声	36.00 元	鲁滨逊漂流记	39.00 元
鲁迅杂文选集	36.00 元	绿野仙踪	32.00 元
绿山墙的安妮	36.00 元	论人类不平等的起源和基础	35.00 元
罗马神话	16.80 元	罗生门	39.00 元
骆驼祥子	32.00 元	美丽新世界	35.00 元
秘密花园	36.00 元	名人传	39.00 元
木偶奇遇记	35.00 元	拿破仑传	49.00 元
呐喊	29.00 元	牛虻	38.00 元

名	单价	书名	单价
·亨利短篇小说选	36.00 元	欧也妮·葛朗台	32.00 元
皇	32.00 元	培根随笔全集	38.00 元
（上、下）	88.00 元	普希金诗选	42.00 元
鹅旅行记	36.00 元	乞力马扎罗的雪	39.80 元
爱生命·海狼	38.00 元	人间草木：汪曾祺散文精选	49.00 元
索寓言：555 则	36.00 元	人性的弱点	39.00 元
类群星闪耀时	36.00 元	儒林外史	42.00 元
瓦戈医生	68.00 元	三国演义	59.00 元
个火枪手	59.00 元	莎士比亚喜剧悲剧集	49.00 元
乡年鉴	42.00 元	神秘岛	48.00 元
年维特的烦恼	28.00 元	十日谈	68.00 元
曲（共三册）	128.00 元	双城记	45.00 元
说新语（上、下）	89.00 元	受戒：汪曾祺小说精选	46.00 元
世同堂（上、下）	78.00 元	水浒传	69.00 元
丝	39.00 元	宋词三百首	39.00 元
美书简	36.00 元	谈美	35.00 元
姆叔叔的小屋	45.00 元	汤姆·索亚历险记	32.00 元
吉诃德	78.00 元	唐诗三百首	39.00 元
年	38.00 元	天方夜谭	42.00 元
尔登湖	36.00 元	童年·在人间·我的大学	49.00 元
合之众	35.00 元	我是猫	39.00 元
都孤儿	44.00 元	物种起源	42.00 元
游记	62.00 元	西顿野生动物故事集	38.00 元
达多	32.00 元	希腊古典神话	49.00 元

书名	单价	书名	单价
乡土中国	36.00 元	小妇人	45.00 元
小王子	29.00 元	星星离我们有多远	35.00 元
喧哗与骚动	58.00 元	雪国　古都	39.00 元
羊脂球	38.00 元	一个陌生女人的来信	39.00 元
一间自己的房间	36.00 元	一九八四	36.00 元
伊利亚特	82.00 元	尤利西斯	58.00 元
约翰·克利斯朵夫（上、下）	98.00 元	月亮和六便士	45.00 元
战争论	45.00 元	战争与和平（上、下）	108.00
朝花夕拾	22.00 元	中国民间故事	39.00 元
子夜	49.00 元	最后一课	36.00 元
罪与罚	66.00 元